THE RECORD OF
RETURNER
현중 귀환록

FUSION FANTASTIC STORY
푸른 하늘 장편 소설

천중 귀환록 12

푸른 하늘 장편 소설

초판 1쇄 찍은 날 § 2012년 9월 21일
초판 1쇄 펴낸 날 § 2012년 9월 28일

지은이 § 푸른 하늘
펴낸이 § 서경석

편집부장 § 권태완
편집책임 § 박우진
디자인 § 이혜정

펴낸곳 § 도서출판 청어람
등록번호 § 제1081-1-89호
등록일자 § 1999. 5. 31
어람번호 § 제1-1462호

주소 § 경기도 부천시 원미구 심곡2동 163-2 서경B/D 3F (우) 420-822
전화 § 032-656-4452 팩스 § 032-656-4453
http://www.chungeoram.com
E-mail § chungeorambook@daum.net

ISBN 978-89-251-3013-2 4810
ISBN 978-89-251-2696-8 (세트)

THE *RECORD* OF *RETURNER*

현중 귀환록

얼마 남지 않은 시간

푸른 하늘 장편 소설

FUSION FANTASTIC STORY

CONTENTS

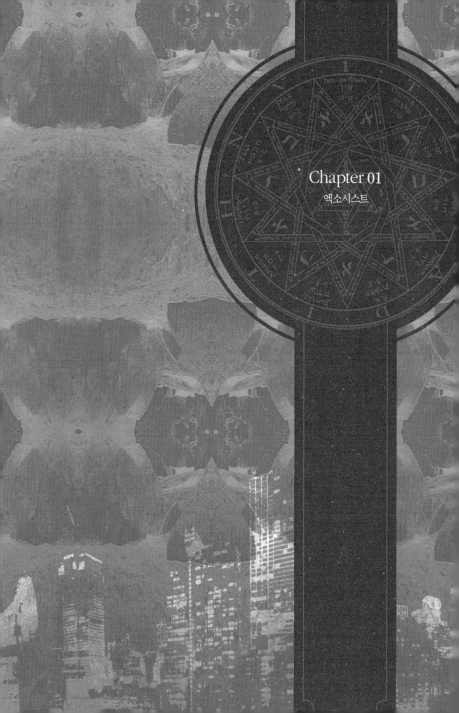

Chapter 01
엑소시스트

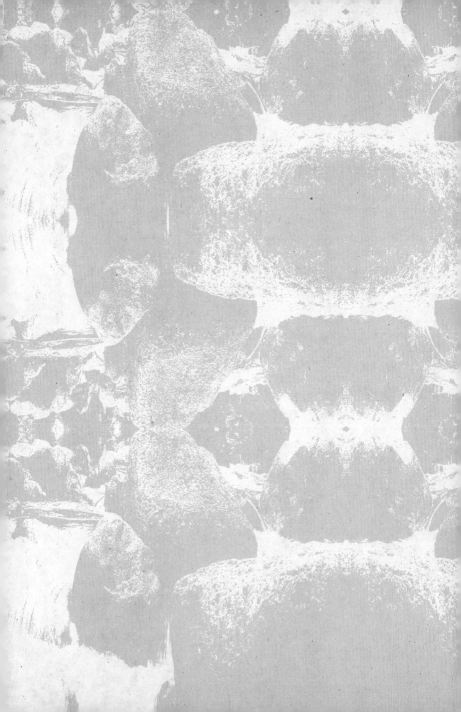

창밖으로 보이는 나무들을 가만히 바라보고 있는 현중의
곁으로 마리아가 다가와 따뜻한 커피가 들어 있는 머그잔을
내밀었다.

"마셔요. 산속은 밤이 많이 추우니까요."

"훗."

현중은 마리아의 이런 배려가 고맙기도 하지만 자신에게
추위는 이미 아무런 문제가 되지 않음을 마리아가 모를 리가
없다는 것도 알고 있었다.

즉, 뭔가 물어볼 게 있어 왔다는 것을 말이다.

마스터에 오른 마리아 자신도 추위에 끄떡없는데 현중에게 춥다고 따뜻한 커피를 내밀면서 다가오는 것은 한마디로 핑곗거리에 불과했다.

"고마워요."

현중은 별다른 뜻 없이 말했지만 마리아는 현중의 그런 말에도 얼굴 표정이 확 살아났다.

마리아가 가져다준 커피를 한 모금 마시자 쌉싸름한 커피 맛이 입안에 퍼졌다. 뒤이어 커피 향이 현중의 입안 가득해졌다.

"좋네요."

현중은 커피 맛보다 향을 더욱 좋아하기에 만족한 듯 말하자,

"후후훗."

마리아는 웃음으로 대답을 대신했다.

잠시 동안 따뜻한 커피를 홀짝거리면서 창밖을 말없이 바라보는 현중의 옆에서 마리아도 조용히 창밖을 보면서 커피를 마셨다.

그러다,

"마리아 씨."

"네?"

"마리아 씨라면, 대를 위해 소를 희생해야 한다면 어떻게

하시겠어요?"

"대를 위해 소를 희생해요? 뭐… 일반적으로는 소의 희생이 당연하다고 생각하겠지만 전 그 소의 희생도 잘못되었다고 생각해요. 결과적으로 또다시 그런 일이 벌어지면 똑같은 일이 일어나고 누군가는 희생될 테니까요."

그 대답에 현중이 마리아를 물끄러미 바라보다 자조적인 미소를 살짝 보이자 마리아는 고개를 갸웃거렸다.

"갑자기 왜 그런 걸 물어보죠? 그리고 현중 씨의 능력이라면 굳이 소의 희생은 필요치 않을 것 같은데요."

마리아에게 현중은 살아 있는 신에 가까운 사람으로 보였다. 지금까지 그의 능력을 보면 충분히 그렇게 보일 수밖에 없었다.

"하지만 그 희생해야 되는 소(小)가 만약에 아는 사람이라면… 그리고 아무것도 모르는… 아니, 어쩌면 이미 알고 있지만 묵묵히 자신의 운명을 받아들이는 어린애라면… 과연 그 소가 희생하는 게 맞는 걸까요?"

"……!"

마리아는 현중의 나직한 혼잣말과 같은 말을 듣다가 불현듯 레이스가 머릿속에 떠올랐다.

"현중 씨, 설마……."

현중은 마리아를 바라보고는 긍정도 부정도 아닌 미소를

지었다.

"그럼 갑자기 저를 찾아와서 레이스에게 온 것도 설마 방금 그 말 때문인가요?"

"네."

마리아는 현중이 말하는 게 정확하게 뭔지 알지는 못했다. 하지만 언제나 자신만만하고 여유 있던 현중이 지금은 무언가 초조하게 기다리는 듯해 보였다. 자신이 모르는, 무언가 커다란 것을 짊어지고 있는 것처럼 느껴지기 시작하자 그녀는 슬며시 손을 올려 현중의 손을 잡았다.

"현중 씨는 어떤 선택을 할 거죠?"

지금 현중이 무언가 선택의 기로에 서 있다는 것을 마리아는 여자의 직감으로 알아차렸다. 그녀가 물어보자 현중은 오히려 웃더니,

"선택은 이미 했습니다. 하지만……."

말꼬리를 슬며시 흘린 현중이 고개를 돌려 복도 가장 구석에 있는 마리아의 방을 바라보았다.

"희생당하지 않으려면 스스로가 강해져야 한다는 것을… 알고 있어야겠죠. 자신의 운명이라면 말이죠."

딸각.

커피를 다 마신 후 현중은 조용히 머그컵을 창틀에 올려놓고는 마리아의 눈앞에서 조용히 사라졌다.

그렇게 사라진 현중을 바라보던 마리아는,

"도대체… 그 신이라는 존재가 존재하긴 하는 건가요?"

마리아는 아직도 현중이 말했던 악신과 싸워야 한다는 것에 약간의 의문이 남아 있는 상태였다.

물론 마족을 봤으니 완전히 부정하지는 못했다. 악마가 있다면 천사도 있는 법이니 말이다.

하지만 악마나 천사와 달리 신은 그 급부터가 달랐다.

인간이 아는 신이란 늘 현명하고 자애로우며, 무언가 깊은 뜻이 있기에 모든 일을 행하는 존재다.

물론 악신이 있을지도 모른다.

하지만 과연 그 악신이라는 기준이 신의 기준일지, 아니면 인간이 보는 기준에서 악인지 마리아는 단정할 수 없기에 아직까지 혼란스러운 것이다.

현중이 저렇게까지 막으려고 하는 것을 보면 분명히 좋은 신은 아닌 게 확실했다.

그의 옆에 가장 오래 있었으니 그 정도는 느낄 수 있었고, 현중이 뭔가 특별한 욕심이 있어 보이지도 않았다.

솔직히 현중의 능력을 볼 때 욕심이 있다면 벌써 뭔 일을 일으키고도 남았을 시간이니 말이다.

항상 혼자 있는 것을 좋아하고 하늘이나 창밖의 풍경을 즐기는 현중은 모르는 사람이 보면 사색을 즐기는 조용한 성격의 사람으로 보일 정도다.

하지만 마리아는 여자였고, 사랑하는 사람의 말이 맞는다는 쪽으로 마음이 기우는 것은 어쩔 수 없었다. 자신의 가치관은 이미 두 번째로 밀려나 버렸으니 말이다.

"왔군."

현중이 마리아 앞에서 갑자기 사라진 것은 분위기 전환을 위해서가 아니라 갑자기 느껴지는 기운 때문이었다.

"이제는 좀비까지 끌고 나오시는구먼. 크크큭."

현중은 산장 가장 높은 곳에 있는 피뢰침 바로 위에 서서 주변에서 느껴지는 지독한 마기의 향기를 느꼈다.

현중은 이미 대륙에서부터 마기에 관해서는 거의 초정밀 레이더보다 더 정확한 수준으로 감지할 수 있었다. 그래서 산장 주변으로 모여드는 죽은 자들의 발걸음을 알아차린 것이다.

산장에도 최첨단 경보 장치가 있었다. 하지만 그건 산장을 중심으로 반경 500m 정도의 범위만 가능했다.

만약의 경우 탈출할 수 있는 시간을 벌기 위해서 말이다.

그런데 지금 현중의 피부에 느껴지는 마기의 숫자를 보면 도망치는 것은 아마 불가능할 것 같았다.

"완전히 둘러싸였군."

빠져나갈 구멍을 막을 생각이었는지 사방에서 느릿한 걸음이지만 죽은 자들이 다가오고 있으니 말이다.

애초에 현중에게 죽은 자든 살아 있는 자든 그 숫자는 의미가 없었다. 현중이 조금 더 움직이느냐, 아니면 덜 움직이느냐가 다를 뿐이니 말이다.

[크크큭, 재미있는 일이구만.]

현중의 뒤에서 들리는 목소리에 현중은 뒤도 돌아보지 않고,

"냄새 맡고 온 거냐?"

이미 현중의 이목을 숨기고 뒤에 모습을 드러냈을 때 베리얼이라는 것을 눈치채고 있었다.

[무슨 섭섭한 소릴. 난 엄연히 아군이라고 하지 않았나?]

베리얼은 여전히 자신을 못마땅하게 생각하고 있는 현중의 모습에 불평 섞은 핀잔을 했지만 현중은 뒤로 고개조차 돌리지 않고 있었다.

[휴~ 많이도 나타났구만.]

베리얼은 주변을 슬쩍 살펴보더니 느리지만 꾸준히 몰려들고 있는 죽은 자들의 기척을 단번에 알아차렸다.

그와 동시에 현중은 지붕의 굴뚝에 슬쩍 엉덩이를 깔고 앉아서는 가만히 주변을 지켜보기만 했다. 베리얼은 현중의 그런 태도가 뭔가 이상해서,

[왜 그러지? 당장 달려가서 저 구더기 녀석들을 부숴 버릴 줄 알았는데 말이야.]

죽은 자들이 몰려들고 있다는 것을 알면서도 현중이 오히려 가만히 있는 것도 모자라 엉덩이를 깔고 앉는 모습에 베리얼이 물어보자,

"나 외에도 움직일 녀석들이 있으니까 말이야."

[뭐?]

베리얼은 현중의 알쏭달쏭한 말에 고개를 갸웃거렸다. 그때 대답이라도 하듯 산장의 문이 열리면서 네 명의 남자가 모습을 드러냈다.

겉보기에는 일반적인 요원으로 보였지만 그들이 이 시간에 밖으로 나온 것부터가 조금 이상했다. 베리얼은 고개를 갸웃거리면서,

[뭔가 알고 있는 눈치로군.]

그도 현중 옆에 걸터앉았다. 느긋하게 먼 산을 보면서 혹시 모를 상황에 대비하는 모습만 보이는 현중의 의중을 어느 정도 눈치챘기 때문이다. 현중이 별다른 행동을 하지 않는데 굳이 자신이 나설 수 없다는 생각이었다.

베리얼은 현중을 돕기 위해서 왔기 때문에 현중이 나서지 않는 이상 지구의 그 어떤 존재에도 상처 하나 입힐 수 없다는 이상한 제약이 걸려 있는 상태였다.

단, 현중이 전투에 뛰어들면 그 제약은 완전 사라지지만 말이다. 그래서 그는 가만히 현중의 옆에서 그가 나서기만을 기다리기로 했다.

산장의 지붕에서 현중과 베리얼이 바라보고 있다는 것도 모르는 듯 네 명의 남자는 각자 서로의 얼굴을 보면서 고개를 한번 끄덕이더니 빠르게 흩어졌다.

마치 미리 약속이라도 한 듯 산장의 동서남북으로 흩어지며 정확하게 십자가 모습으로 대칭을 이룬 그들은 품속에서 동시에 작은 단검 하나씩을 꺼냈다.

"후읍!!"

깊게 숨을 들이마신 그들은 서로 전혀 보이지 않을 텐데도 약속이라도 한 듯, 너무나 익숙하면서도 정확하게 동시에 자신들이 서 있는 자리에 단검을 박아 넣었다.

쑤욱!

산의 토질이 그리 단단한 편은 아니었다. 현재 이 산장도 커다란 바위 주춧돌을 기본으로 세워진 것으로 산장에서 조금만 벗어나도 이처럼 부드러운 흙이 밟히는 곳이기에 단검을 박아 넣는 것은 그리 어렵지 않았다.

단검을 박아 넣고 나서 그들은 그대로 무릎 꿇고 앉았다.

[……?]

베리얼은 요상한 짓을 하는 네 사람을 바라보다가 뭔가 생

각이 난 듯 현중을 슬쩍 바라보더니,

[저 녀석들, 신관인가?]

"뭐, 네가 보기에는 그것도 맞는 말이지. 정확하게는 엑소
시스트라고 하지."

[엑소시스트?]

베리얼은 잠시 생각하는 듯하더니,

[아, 그 악마를 전문적으로 처리한다는 신관… 팔라딘 같은
거군.]

대륙에서만 살던 베리얼에게는 엑소시스트라는 말 자체가
낯설긴 했지만 자신이 차지하고 있는 몸뚱이 주인의 기억 속
에서 어렵지 않게 대충 알아낼 수 있었다.

"뭐, 그런 셈이지."

[크크큭, 별일이군. 신에 관련된 녀석들이라면 마족 다음으
로 싫어하던 네가 말이야.]

그랬다. 현중은 대륙에 있을 때 특이하다고 할 만큼 신관과
신을 모시는 사람들을 그리 좋아하지 않았다.

솔직히 이미 현중이 대륙에 나타났을 때 신관은 더 이상 신
관이라고 부르기도 힘들 만큼 타락해 있었으니 반감이 드는
건 어쩌면 당연할지도 몰랐다.

신의 이름으로 자신의 탐욕과 권력을 쥐고 흔드는 모습이
현중에게 그리 좋게 보일 리가 없었다.

거기다 원래 지구에서부터 종교라는 것은 그저 종교일 뿐, 그 이상도 그 이하도 아닌 걸로 생각하던 현중에게 대륙의 타락할 대로 타락한 신관과 교황은 마족과 다를 바가 없었던 것이다.

"거기는 거기고 여기는 여기대로 다른 곳이니까."

한마디로 대륙과 지구는 다르니까 그냥 있다는 말이다.

현중의 눈에 지금 저 엑소시스트들이 어떻게 좀비 떼를 막아내는지 궁금하다는 것을 노골적으로 드러나 있기에 베리얼은 씨익 웃고는 그냥 모른 체했다.

베리얼은 가끔 이런 생각을 했다.

만약에 현중이 마족으로 태어났다면, 그 어떤 마왕보다 마왕에 어울리는 녀석이 되었을지도 모른다고 말이다.

"하늘에 계신 아버지시여, 거룩하옵시고……."

엑소시스트들은 단검을 박아 넣은 곳에 무릎 꿇고 앉아 품에서 바이블을 꺼내 펼치더니 주기도문을 시작으로 첫 장부터 읽기 시작했다.

처음에는 아주 작은 목소리였지만 산이고, 밤이라 그런지 목소리는 유달리 크게 들렸다.

[공명을 시작했군.]

베리얼은 이전에 마족이었기에 지금 엑소시스트들이 뭘 하는지 대충 감을 잡은 상태였다.

"신성 결계를 펼치겠지."

현중도 대충 알고 있는 듯 베리얼의 말에 맞장구쳤다.

[그런데 흥미롭군. 이곳 지구에는 신이 없다고 들었는데 신성력을 사용해서 신성 결계를 펼칠 수 있는 인간들이 있다니 말이야.]

그건 맞는 말이었다.

도대체 어째서 떠난 건지 모르지만 현재 지구는 인간이 살아가는 숫자에 비해 주신으로 불리는 신이 존재하지 않았다. 아니, 처음부터 없었던 것은 아니다. 어느 순간 신이 떠난 것이다.

왜 떠났는지, 누구였는지는 다른 곳에 존재하는 신들과 차원자들 사이에서도 아는 이가 없었다.

본래 신이 없다면 신성력은 절대로 생기지 말아야 하는 것 중 하나다.

그런데 이상하게도 지구에는 신성력을 사용하는 인간들이 제법 있는 것이 지금 두 눈으로 확인되고 있었다.

쏴아아!!

엑소시스트들의 기도가 길어질수록 신기하게 그들이 땅에 박아 넣은 단검이 점점 빛을 발휘하기 시작했다. 곧 주변을 환하게 밝힐 만큼 환한 빛을 쏘아내기 시작했다.

[빛으로 결계를 치는 것과 동시에 빛에 닿는 어둠의 존재를

소멸시키는 기능을 가지고 있군.]

　마치 해설하듯 베리얼은 지켜보는 내내 중얼거렸다. 반대로 현중은 조용히 바라보기만 할 뿐이다.

　저벅, 저벅, 저벅.

　"으어… 으어어어… 으어……."

　듣기에도 거북한 소리가 산장의 주변에서 들리기 시작했고, 곧 육안으로도 쉽게 보일 만큼 좀비들이 산장으로 모여들기 시작했다.

　이미 죽어서 썩어가는 육신이 다시 일어서서 걷는 만큼 좀비들에게는 사고력이 없었다.

　즉, 지금 산장의 주변을 둘러싸고 있는 환한 신성 결계를 봐도 좀비들은 오로지 본능적으로 살아 있는 존재를 저주하면서 움직이고 있을 뿐이었다.

　푸석!

　가장 앞에서 걷던 좀비 하나가 신성 결계의 빛이 강하게 비추는 지점에 도착하자 허무하게 한 줌의 흙으로 변해 바람을 따라 날아가 버렸다.

　푸석, 푸석, 푸석.

　그게 시작이었다. 마치 불속에 뛰어드는 불나방들처럼 좀비들은 계속 결계를 향해 걸었고, 계속 사라져 갔다.

언뜻 보기에는 신성 결계가 완전 무적으로 보였다.

하지만 이런 모습을 위에서 바라보던 베리얼은 고개를 흔들더니,

[역시… 인간의 체력이 한계군.]

보기에는 너무나 허무하리만큼 좀비들이 소멸되어 아무런 문제가 없어 보이지만 실상은 그렇지 못했다.

좀비 한 마리가 신성 결계의 빛에 닿아 소멸될 때마다 엑소시스트들에게 가해지는 부담은 조금씩, 아주 조금씩이지만 쌓이고 있는 것이다.

세상에 공짜는 없었다. 아무리 신성력이라고 해도 등가교환이라는 말이 있듯, 무언가를 얻기 위해서는 거기에 상응하는 다른 것을 버려야 하는 것이 당연하다.

지금 이들 엑소시스트들은 신성력을 쓰는 것과 동시에, 그들 자신의 생명력을 갉아먹고 있는 것이다.

사기를 조종하고 죽음을 다루는 데스 나이트가 된 베리얼이 그걸 모를 리가 없다.

첫 번째 좀비가 신성 결계에 닿아 사라질 때 이미 베리얼은 눈치챈 것이다. 자신들의 생명력을 담보로 신성력을 사용한다는 것을 말이다.

[지독하리만큼 냉정한 신인 모양이군. 지구의 신은 말이야.]

아무리 카일라제가 거지같은 성격을 가지고 있다고 하지만 카일라제도 신성력을 대가로 뭔가 받진 않았다.

대륙의 신관들은 카일라제를 믿고 따르는 마음이 강할수록 신성력이 강했다. 베리얼에게 신성력은 신의 힘을 인간들이 무이자로 빌려 쓰는 그런 힘으로 여겨졌고, 사실 그게 맞는 말이었다.

하지만 지구는 신성력을 사용하는 것이 자신의 목숨을 깎아먹는 것이라는 데 슬쩍 눈살이 찌푸려지는 것이다.

"신이 냉정한 게 아니지. 스스로가 그렇게라도 힘을 가지고 싶어한 인간의 생각이 이런 결과를 만든 거니까 말이야."

[뭐, 내 알 바는 아니지만 이대로라면 5분 안에 저 녀석들 영혼이 빠져나가겠는걸.]

베리얼은 엑소시스트들의 몸에서 조금씩 좀비를 처리하면서 그와 동시에 좀비의 사기(死氣)가 진해지는 것을 두 눈으로 똑똑히 볼 수 있었다. 저승사자로 불리며 죽음을 관리하는 데스 나이트이기에 볼 수 있는 베리얼만의 능력이기도 했다.

베리얼처럼 사기를 보는 능력은 없지만 현중이 예측하기에도 비틀거리며 힘겹게 기도문을 외우면서 버티는 모습을 보니 길어봐야 몇 분일 듯했다.

[나서지 않을 건가?]

베리얼은 당장에라도 현중이 나서길 바랐다. 뭔가 시원하게 날뛰고 싶은 마음이 가슴을 두근거리게 하지만, 현중이 움직이지 않으면 베리얼 자신도 나설 수가 없었다.

마치 얼른 뛰어들어 날뛰어 달라고 보채는 듯한 베리얼의 눈빛에도 현중은 무심하게 고개를 돌려 엑소시스트들만 내려다보고 있을 뿐이다.

[쳇, 그놈의 성격 하고는.]

베리얼은 결국 짜증을 부리면서 시선을 아래로 돌렸다. 끝없이 밀려드는 좀비의 파도에 조만간 현중이 나설 것이라는 생각을 하면서 애써 참았다.

치칙!!

"쿨럭!!"

푸악!

결국 동쪽에서 좀비들을 막는 결계를 유지하던 엑소시스트 하나가 입에서 피를 토하면서 몸이 심하게 흔들렸다. 그 때문인지 잠시 결계가 출렁거리면서 빛이 약해졌다.

하지만 곧바로 입안의 피를 뱉어버린 그가 기도문을 외우자 신성 결계는 잠깐 약해졌다 다시 원래대로 돌아왔다.

[쳇, 아까워라. 확 뒈져 버리지.]

베리얼은 목숨을 걸고 사투를 벌이고 있는 엑소시스트들이 오히려 얼른 버티지 못하고 죽어버렸으면 하고 바랐지만 얼마나 끈질긴지 쉽게 죽지도 않았다.

베리얼의 눈에 이미 엑소시스트들의 몸은 사기로 가득 차 점점 더 죽음의 색과 향이 진하게 풍겨오고 있었다. 하지만 그들은 혈색이 하얗게 변한 것 외에는 아직 꿋꿋하게 버티고 있다.

꼼지락, 꼼지락, 꼼지락.

베리얼은 얼른 엑소시스트들이 죽어버려서 현중이 나서주기만을 바랐다. 그래야 자신이 스트레스 해소를 할 수 있으니 말이다. 좀비이긴 하지만 써는 손맛이 제법 쏠쏠한 편이었다.

"나가고 싶지?"

[……]

베리얼은 현중의 말에 슬쩍 고개를 돌렸다가 웃고 있는 현중의 얼굴을 보고는 인상을 찌푸렸다.

[쳇.]

어차피 단순한 성격이기에 읽혔을 거라고 생각은 했지만 현중이 지금 이 상황을 이용해서 자신을 놀리고 있다는 것을 모를 리 없는 베리얼이기에 기분이 나빠진 것이다.

[쪼잔한 놈, 기어코 복수하는구먼.]

베리얼은 자신이 힌트를 가지고 놀려먹은 것을 현중이 지금 이런 식으로 복수하는 거라고 생각하고는 구시렁거렸다. 일부러 현중이 들도록 크게 말했다. 하지만 베리얼이 그러거나 말거나 현중은 신경도 쓰지 않았지만 말이다.

비틀.

턱!

흔들리는 몸을 억지로 팔을 뻗어 땅을 짚으면서 겨우 버티는 엑소시스트들이 하나둘 늘어나기 시작했다.

사실 지금 신성 결계에 부딪쳐서 사라진 좀비만 해도 그 숫자가 수백 마리가 넘어가고 있었다.

일정 거리 이상 들어오면 여지없이 흙으로 돌아가 버리기에 밀려들면 들수록 모두 사라지는 판이라 숫자를 헤아리기는 힘들지만 어렴풋이 수백 마리는 사라졌을 것이다.

동시에 그 수백 마리의 좀비를 처리하는 부담은 모조리 네 명의 엑소시스트가 나눠 받는 중이었다.

쿨럭!!

"크읍."

결국 너나 할 것 없이 네 명이 동시에 피를 토하면서 비틀거리기 시작했다.

이제 한계점에 도달한 것이다.

사실 이 정도로 많은 좀비가 들이닥칠 것이라고는 생각하지 않았을 것이다. 거기다 엑소시스트 네 명이면 솔직히 웬만한 마족도 꺼리기 일쑤다. 그만큼 신성력은 마족에게 절대로 넘을 수 없는 약점이기 때문이다.

거기다 현중의 눈에도 너무나 익숙한 움직임은 한두 번 해본 솜씨가 아닌 게 분명했다. 아마 모르긴 해도 여러 번 이런 식으로 막아왔을 것이다.

그 증거로 지금 이렇게 주변에서 좀비들이 시끄럽게 소리 지르면서 달려들고 있지만 그 누구도 산장 밖으로 나와 보는 이가 없다.

이미 어느 정도 약속된 계획대로 움직인다는 결론을 내린 현중은 이제야 붙이고 앉아 있던 엉덩이를 일으켰다.

"슬슬 움직여 볼까?"

벌떡!!

현중이 일어서자 기다렸다는 듯 베리얼이 벌떡 일어서더니 입가에 미소가 떠날 줄을 몰랐다.

아무리 데스 나이트로 다시 태어났다고 해도 베리얼은 태생이 마족이다.

싸우길 좋아하고 피를 좋아하는 그 성격은 어쩔 수 없었다.

[그래도 죽은 자들이니 이걸 써줘야 폼이 나겠지?]

베리얼은 자신의 손바닥에 손톱으로 상처를 내서 피를 뽑았는데, 뽑아낸 피가 살아 있는 듯 허공에서 춤을 추더니 베리얼의 손으로 다시 돌아갔다.

그리고 커다란 날을 가진 낫으로 변했는데, 그 모습이 마치 서양의 저승사자가 가지고 다닌다는 죽음의 낫과 너무나 흡사하다.

[크크크큭, 역시 이게 은근히 뽀대 난단 말이야.]

자신의 피로 만든 거대한 낫을 보고는 흡족한 듯 미소를 짓더니 현중을 보며,

[안 가? 한 놈만 족쳐. 그럼 나머지는 내가 다 알아서 할 테니까.]

아무리 좀비라고 해도 사기의 결정체로 만들어진 베리얼의 죽음의 낫에 닿으면 이미 죽은 자라도 무조건 다시 죽어버릴 것이다.

신성력은 정화를 하지만 베리얼의 사기는 그와 반대로 좀비들의 사기를 삼켜 버린다.

결과적으로 좀비를 죽이는 것은 똑같지만 그 뒤가 달랐다.

신성력은 정화하는 만큼 신성력이 소모되지만 사기는 그와 반대로 점점 늘어간다. 거기다 사기를 머금을수록 죽음의 낫은 더욱 커지고 길어지는 특징이 있었다. 덤으로 베리얼에게는 좀비의 사기는 하나의 피로 회복제 같은 역할도 했다.

한마디로 지금 이 좀비 떼를 상대로 가장 확실한 능력을 발휘할 수 있는 녀석은 바로 베리얼인 것이다.

홀쩍!

현중은 베리얼의 재촉 때문인지 산장 지붕에서 곧바로 아래로 뛰어내렸다.

사뿐.

전체 3층에 산간지방이라 눈이 쌓이지 말라고 지붕이 뾰족하게 만들어진 산장의 가장 높은 곳에서 뛰어내렸으니 높이가 대충 10미터는 넘을 텐데 현중이 바닥에 발을 닿았을 때 들린 소리는 부스럭거리는 마른 나뭇잎을 밟는 소리뿐이었다.

　그리고 곧장 걸어서 신성 결계의 경계 부분에 다가가 섰다. 바로 한 걸음만 내디디면 수십 마리의 좀비가 현중을 한순간에 잡아끌어 흔적도 없이 물어뜯을 수 있는 위치이다.

　"쿨럭! 물러나시오!! 어서!!"

　엑소시스트는 현중이 어째서 밖으로 나왔는지 이유는 모르지만 지금 그런 것에 신경 쓸 여력이 없어 보였다.

　주변에 죽은피를 뱉은 듯 시커먼 핏덩이가 몇 개 보였고, 지금도 엑소시스트의 입가에는 선명하게 선분홍색의 피가 조금씩 흘러내리고 있으니 말이다.

　"내상을 입었군."

　입가에 피를 흘리는 엑소시스트를 본 현중은 한눈에 상태를 알아봤다. 이미 내장이 뒤틀리고 꼬였을 것이다.

　신성력이 어떻게 발생하는지, 어떤 원리로 힘을 내는지는 현중도 잘 몰랐다. 이미 대륙에서부터 신과 별로 친하지 않고 원수로 지낸 까닭에 신성력을 그리 좋아하지도 않고 관심도 없었으니 말이다.

물론 현중이 처음 산장에 들어섰을 때 강렬하게 느낀 신성
력 때문에 일부러 이렇게 느긋하게 있었던 것도 있지만, 예상
보다 좀비 떼가 너무 많았고 지구의 신성력을 사용하는 데 자
신의 생명을 담보로 써야 한다는 것도 조금 전에 베리얼의 말
을 듣고서야 알게 된 것이다.

그렇다고 이들 엑소시스트에게 미안한 감정은 없다. 왜냐
하면 이들은 스스로 원해서 이곳에 왔고 자신의 판단에 따라
생명을 담보로 신성력을 사용하니 말이다. 현중이 이곳에 있
는 것과는 별개의 문제인 것이다.

"조금 도와주지."

그래도 희생정신 하나만큼은 현중도 인정하기로 했다. 아
무리 썩은 종교라도 맑은 곳이 있게 마련이다. 비록 그 맑은
곳이 너무나도 작고 보잘것없더라도 말이다.

"안 돼!"

현중이 마지막 안전선을 넘어서 발걸음을 옮기려고 하자
엑소시스트는 소리쳤다.

하지만 그는 현중이 신성 결계 밖으로 나가는 것을 두 눈으
로 보고서도 잡지 못했다.

만약에 자신이 여기서 일어선다면 지금까지 힘겹게 유지
한 신성 결계가 한순간에 사라진다는 것을 누구보다 잘 알기
때문이다.

"훗, 신에게 감사하도록. 나를 만난 것을."

현중은 오히려 애타게 자신을 부르는 엑소시스트를 향해 나직하게 한마디 하고는 신성 결계 밖으로 나가 버렸다

스윽.

현중이 결계 밖으로 모습을 드러내자마자,

크어어어!! 크악!!

우르르르!

좀비들은 거의 본능적으로 현중을 향해 미친 듯이 몰려들기 시작했다.

그와 동시에 엑소시스트들에게 가해지는 부담이 한순간이지만 반으로 줄어들었다.

"안 돼!!"

엑소시스트는 지금 눈앞의 청년이 좀비들에게 둘러싸이는 장면을 똑똑히 보고 있는 중이다.

수십 개의 썩은 팔이 현중의 팔과 머리, 다리 할 것 없이 잡을 수 있는 것이라면 무엇이든 잡아서 차지하기 위해 끌어당기는 모습을 본 것이다.

좀비는 느리지만 죽은 자이기에 힘이 살아 있는 인간의 두세 배에 달하는 괴력을 가지고 있다. 한마디로 잡히면 그걸로 끝인 것이다. 하물며 수십 마리의 좀비가 달려들었다면 이미 끝난 것이다.

"이건 아니야! 내가 뭣 때문에!!"

엑소시스트가 자신이 생명력을 깎으면서까지 신성 결계를 펼친 이유는 바로 한 명의 희생자도 원하지 않기 때문이었다.

하지만 스스로 걸어서 좀비들 속으로 들어간 현중의 모습에 스스로에게 화가 나면서도 여기서 벗어나지도 못하는 자신에게 분하고 억울했다.

주르륵.

엑소시스트는 완전히 좀비들에게 싸여 현중의 모습이 완전히 사라지자 자신도 모르게 눈에서 눈물을 흘리기 시작했다.

그런데 그 순간,

파삭!

마치 커다란 쿠키가 부서지듯 현중에게 달라붙어 있던 좀비들이 한 줌의 흙으로 되돌아가 버렸고, 그 속에서 오롯이 처음 모습 그대로 서 있는 현중을 볼 수 있었다.

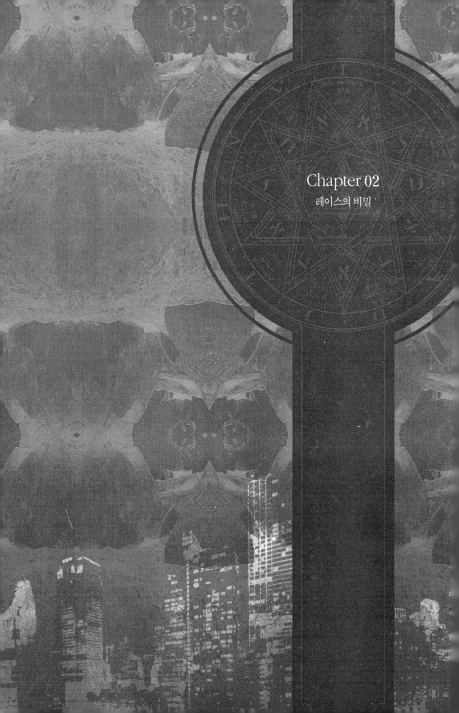

Chapter 02
레이스의 비밀

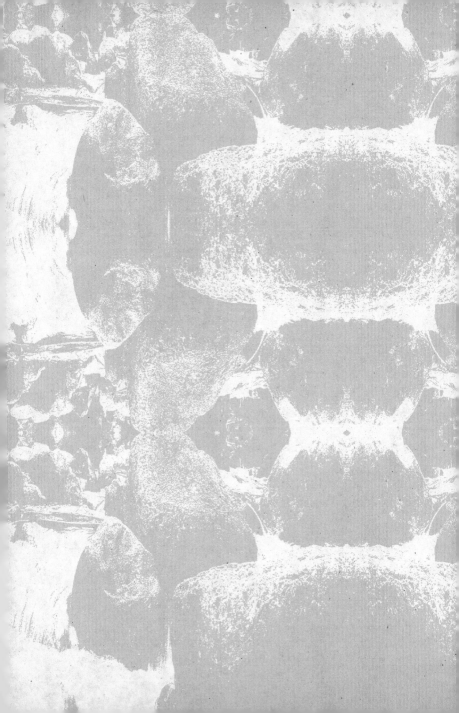

"······!!"

세상에 죽은 자를 흙으로 되돌리는 방법은 오직 하나뿐이다.

그건 바로 신성력. 그 외는 불로 태워서 정화하는 방법밖에 없는데 지금 현중에게 달려든 좀비들은 가루가 되어 흙으로 변해 바람에 실려 날려가 버린 것이다.

"어, 어떻게… 신성력을······."

신성력을 가진 엑소시스트는 본능적으로 신성력을 가진 자를 알아볼 수 있었다. 이건 하나의 특권이랄 수도 있고 능력이라고도 할 수 있지만 거의 본능에 가까운 것이다.

기도와 함께 정말 진실한 마음이 하늘에 닿고, 그 대답으로 생명을 담보로 세상을 정화할 수 있는 힘이 바로 신성력이다.

하지만 엑소시스트도 처음이었다.

"…빛나고… 있다. 빛이……."

현중의 몸에서 희미하지만 푸른빛이 그의 몸을 감싸고 있었고, 현중의 근처에 닿기만 해도 좀비는 흙으로 되돌아가 버린 것이다.

그뿐인가. 죽은 자이기에 오직 본능이 시키는 대로만 하는 좀비가 현중을 무서워하고 있다.

끄어어, 어어, 끄륵!

현중의 곁으로 다가가지 않으려고 용을 쓰는 모습이 보인다.

하지만 뒤에서 밀려드는 수십 마리, 아니, 수백 마리의 좀비의 힘에 떠밀려 어쩔 수 없이 현중의 몸에 닿게 되고, 그 순간 흙으로 되돌아가 버리는 상황이 연출되고 있다.

엑소시스트는 자신의 눈을 의심할 수밖에 없었다.

"어떻게……. 설마……."

엑소시스트는 순간 머릿속에 스치는 기억을 떠올리며 표정이 굳더니 무릎을 꿇고 앉아 있던 자세에서 일어섰다.

비틀.

이미 내장이 뒤틀려서 그런지 겨우 일어서는 동작을 했을 뿐인데도 몸의 균형을 잡을 수 없는 엑소시스트였지만 뭔가 확신이 있는 듯 일어섰다. 그리고 천천히 걸어서 현중에게 다가가기 시작했다.

"이런, 무리하면 빨리 죽는답니다."

현중은 오히려 자신에게 다가오는 엑소시스트를 향해 슬쩍 손을 내밀더니,

"홉!"

마나의 힘으로 다시 제자리로 되돌려 버렸다.

그리고,

"테른, 산장에 실드를 펼쳐라."

―네, 마스터.

현중이 이런 명령을 내릴 줄 알고 있었다는 듯 테른이 간단하게 대답했다. 직후 산장 바닥에서 강렬한 마나의 회오리가 일렁이더니 마법진이 환하게 빛을 뿜었다.

[이런, 앱솔루트 실드군.]

테른의 실드가 어떤 건지 눈치챈 베리얼은 바로 산장에서 멀어졌고, 베리얼이 멀어지는 것과 동시에 푸른빛과 검은빛이 서로 교차되면서 아름다운 무늬를 가진 앱솔루트 실드가 발동되어 산장을 완전히 감싸 버렸다. 물론 엑소시스트도 함께 말이다.

쾅쾅!!

"이건 도대체……!"

엑소시스트들은 지금까지 자신들이 힘겹게 막아서던 좀비들을 겨우 이런 투명한 막으로 막는 모습에 모두 할 말을 잃어버렸다.

보기에는 보통의 투명한 비닐 막 같지만 좀비들이 무슨 짓을 해도 결코 실드는 흔들리지 않았다.

그와 동시에 안에서 엑소시스트들이 밖으로 나가려고 해도 절대로 나갈 수가 없었다.

앱솔루트 실드가 산장을 완전히 감싸는 것을 본 현중은,

"테른, 좀 과하지 않냐?"

겨우 좀비 수백 마리에 앱솔루트 실드는 좀 너무한 것 같다는 생각에 현중이 한마디 했지만 테른은 오히려 당연하다는 듯 답했다.

─호랑이는 토끼를 잡을 때도 최선을 다한다고 들었습니다. 어떤 변수가 있을지 모르기에 그 변수를 최소한으로 줄이기 위한 가장 합리적인 방법입니다.

"훗."

현중은 테른의 말에 그냥 웃고 말았다.

현재 이곳에 현중이 있고 베리얼이 있다. 지금 당장 카일라제가 강림하지 않는 이상 마왕이 튀어나와도 걱정 없을 테지

만 테른은 역시나 누구도 예상할 수 없는 변수라는 것이 신경이 쓰인 듯 최강의 실드인 앱솔루트 실드로 커다란 산장을 보호하기로 한 것이다.

이제 핵폭탄이 터져도 산장은 끄떡없을 것이다. 마나는 방사능조차 차단하는 기능이 있으니 말이다.

즉, 현재 지금 앱솔루트 실드가 감싸고 있는 산장은 세계에서 가장 안전한 곳이라는 말이다.

하지만 앱솔루트 실드라고 무적은 아니다. 그 무엇이든 약점이 있는 법이니 말이다.

"유지 시간은?"

—한 시간입니다.

"짧군."

—지구에 마나가 희박해서 어쩔 수 없습니다.

테른이 마법진까지 미리 준비하고 사용한 앱솔루트 실드였지만 유지 시간은 고작 한 시간이었다. 그 말은 그만큼 마나의 소비가 심하다는 말이다.

앱솔루트 실드는 마법적 공격, 물리적 공격 등은 기본이고 마나에 해가 되는 모든 공격을 완벽하게 막아주는, 그야말로 무적의 방패이지만, 최대 단점이 있으니 바로 엄청난 마나 소비량이었다.

대륙이라면 솔직히 그리 문제가 되지 않겠지만, 지구는 대류에 비해 마나가 극히 희박하다. 그나마 한 시간도 마법진으로 마나를 집적해서 계속 자연의 마나를 끌어다 사용하는 방법을 쓰기에 한 시간이지 테른이 직접 마법을 캐스팅했다면 30분도 채 가지 못했을 것이다.

하지만 현중은 한 시간이라는 시간이 짧다고 말을 하면서도 얼굴은 웃고 있었다. 그리고 슬쩍 위를 보더니,

"베리얼, 들었지?"

[크크크, 이몸을 우습게 보는 거냐? 10분 안에 싹 정리해 주지.]

앱솔루트 실드가 유지되는 한 시간 동안 이곳의 좀비를 정리할 존재는 현중이 아니었다. 아니, 굳이 현중이 나설 필요도 없었다. 베리얼이 알아서 날뛰어줄 테니 말이다.

"홋, 잘해봐."

그리고 현중이 슬쩍 한발 물러서자 하늘에 떠 있던 베리얼은 슬쩍 좀비들을 내려다보는 듯하더니 가장 좀비가 많이 모여 있는 곳을 향해 시선을 돌리고는 그곳으로 뛰어들었다.

서걱!!

털썩털썩!

단 한 번의 낫질로 베리얼을 중심으로 반경 2m 안에 서 있는 좀비는 찾아볼 수 없었다.

그런데 현중과 달리 베리얼의 낫에 베인 좀비는 더 이상 움

직이지 않는 것이다. 그렇다고 흙으로 돌아간 것도 아니다.
말 그대로 죽은 것이다.

두근!

한 번의 낫질로 무려 열 마리가 넘는 좀비를 베어버린 베리
얼의 낫이 마치 살아 있는 듯 꿈틀거리더니,

쑤욱!

낫의 칼날이 더욱 길어지고 낫의 길이가 늘어났다.

[사기가 제법 진한 걸 보니, 크크큭, 신선한 육체도 있었나
보군.]

한 번의 낫질로 사신의 낫이 커지자 베리얼은 흡족한 듯 웃
음을 짓더니 그때부터 날뛰기 시작했다.

부웅!!

서걱!

털썩!!

베리얼의 낫질은 기교가 섞이지도, 그렇다고 화려하지도
않았다. 하지만 빠르고 간결하게 휘둘렀고, 낫에 베인 좀비는
여지없이 죽어버렸다.

사신의 낫이 좀비의 죽음의 기운을 모조리 빨아들이기 때
문인데, 그런 베리얼이 날뛰는 모습을 뒤에서 보던 현중은 슬
쩍 미간을 찡그렸다.

"흔적이 너무 남는군."

차라리 신성력처럼 흙으로 되돌려 버리면 뒤처리가 깨끗했지만 베리얼의 방식은 손이 너무 많이 간다.

거기다 죽은 자를 다시 죽여 버리는 말도 안 되는 능력을 가진 베리얼을 보고 있으면,

"데스 나이트, 아니, 저승사자가 맞긴 한가 보군."

현중이 아는 지식 안에서도 죽은 자를 또다시 죽일 수 있는 존재는 저승사자가 유일했으니 말이다.

어차피 베리얼이 설치도록 놔둔 것은 다른 이유가 있었다. 우선 시선을 돌려 뒤쪽을 보자 실드 안에서 현중을 멍하니 쳐다보고 있는 엑소시스트들이 보였다.

씨익~

멍한 시선을 한 그들에게 미소를 날려준 현중은 그대로,

탁!

가볍게 땅을 차고 뛰어올랐다.

보기에는 가볍게 땅을 찬 것처럼 보이지만 실제로 현중의 몸은 마치 로켓이 쏘아져 올라가듯 위로 솟구쳐 올라 산장의 지붕보다 훨씬 높은 곳까지 올라가고 나서야 속도가 줄어들었다.

멈칫!

허공에서 완전히 멈춘 현중은 마치 보이지 않는 무언가를 밟고 서 있는 듯 허공에 편안하게 선 채 주변을 살폈다.

지금 현중이 이렇게까지 높이 올라와서 주위를 둘러보는 것은 모두 무언가를 찾기 위해서였다.

죽은 자들이 갑자기 일어설 이유가 없는 평화로운 세상에 이렇게 좀비 떼가 산장을 향해서 몰려든다는 것은 누가 봐도 이상했다.

그렇다면 이렇게 명령하는 녀석이 분명히 있다는 것이다.

"어디 있을까, 네크로맨서가."

대표적으로 죽은 자를 다루는 녀석들은 네크로맨서인데, 통칭으로 네크로맨서라고 부를 뿐 세분화되는 다른 이름이 많았고, 그중에서 대표적인 것이 바로 부두술사였다.

부두교를 믿고 주술로써 좀비를 다룬다는 일화가 가장 유명한 녀석들일 것이다.

물론 실제로 이 정도로 몇백 마리의 좀비를 다룬다는 것은 현중이 아는 상식에도 벗어난 힘이었다.

"……?"

현재 현중의 시선에서 벗어날 수 있는 존재라면 아마 신이 유일할 것이다.

그만큼 현중의 경지는 극에 달해 있는 상황인데, 이상하게 아무리 살펴봐도 좀비 떼를 조종하는 녀석으로 짐작되는 게 보이지 않았다.

"내가 잘못 생각했나?"

당연히 이 정도 좀비 떼가 산장을 향해 집중적으로 몰려든 다는 건 누군가 뒤에서 조종한다고 생각했다. 그런데 정작 아무리 찾아봐도 그런 녀석이 보이지 않으니 말이다.

[크하하하하!! 좋구나!! 좋아!!]

서걱!! 서걱!!

현중의 발밑에서는 지금도 베리얼이 사기에 취했는지 춤을 추면서 사신의 낫을 마음껏 휘두르고 있었다.

"테른."

—네, 마스터.

현중이 테른을 부르자 테른은 허공에서 모습을 드러내더니 현중을 향해 인사했다.

"뭔가 이상하지 않아?"

—저도 그렇게 생각하고 있습니다. 저 나름대로도 찾아봤지만 죽은 자를 일으켜 세운 녀석은 없었습니다.

"그래?"

마족인 테른까지 찾지 못했다는 것은 정말로 없을 수도 있다는 말이었다.

죽은 자를 깨운 녀석은 없다. 하지만 지금 저렇게 수백 마리의 좀비 떼가 산장을 향해서 몰려들고 있는 것을 확인했으니 뭔가 이상한 것이다.

죽은 자는 누가 일부러 깨우지 않는 이상 절대로 다시 일어나는 법이 없었다. 그건 자연의 순리에 벗어나는, 한마디로 역행하는 현상이다.

"뭔가 이상한데……."

현중은 쉽게 생각했다가 요상하게 꼬이는 상황에 잠시 손가락을 턱에 가져다 대면서 뭔가 생각하다가 슬쩍 산장을 바라봤다.

하늘로 솟아 있는 현중을 아직도 바라보고 있는 엑소시스트가 네 명 모두 한자리에 모여 있었다. 그들은 현중이 무엇을 하나 궁금한지 하늘을 향해 고개를 쳐들고 있었다.

그들을 가만히 바라보던 현중은 뭔가 머리를 스치는 것이 있는지 눈을 잠시 감았다가 떴다. 그가 그대로 아래로 떨어졌다.

사뿐~

마치 추가 떨어지듯 빠르게 떨어지다 땅에 닿기 직전 살짝 멈칫거리던 현중의 몸이 사뿐히 땅에 발을 디디고 섰다.

그대로 앱솔루트 실드로 다가간 그는 좀비나 엑소시스트들은 그렇게 애를 써도 어떻게 할 수 없던 실드를 아무렇지 않게 통과해 안으로 들어갔다.

"헉!!"

엑소시스트도 갑자기 현중이 실드를 뚫고 다가오자 당황한 듯 몇 발 뒤로 물러났다. 하지만 바이블을 꼭 쥐고 있는 손에는 오히려 힘이 더욱 들어갔다.

현중은 가만히 엑소시스트들을 바라보다가,

"리더가 누구지?"

현중은 아무렇지도 않게 무심하게 내뱉었지만 듣는 이에게는 이상하게 거부할 수 없는 힘이 느껴지는 목소리였다.

"제가 현재 이끌고 있소이다."

가장 왼쪽에 있는 푸른 눈동자에 푸른 머리카락을 가진 남자가 앞으로 나섰다.

"이 상황을 어떻게 설명해 줘야 할까. 나에게 말이야."

현중은 이들의 정체는 애초에 관심도 없었다. 그리고 현중의 예상이 맞는다면 지금 이런 사달이 일어난 원인을 엑소시스트는 알고 있을 것이다.

"그걸 왜 우, 우리… 에게 묻는 것이요?"

엑소시스트의 리더는 설마 현중이 이런 질문을 할 줄 몰랐다는 듯 당황하면서 뒤늦게 발뺌하려고 했지만 딱 걸려 버렸다.

"신의 종자라고 외치는 자들이… 거짓을 말한다 이건가?"

현중의 여유있는 태도와 지금까지 보인 모습 때문에 압박을 느낀 엑소시스트들은 현중의 말 한마디 한마디에 심하게 당황하는 모습을 보였다.

"거, 거짓이라니, 우리를 우롱하지 마시오!"

누가 봐도 의심스러운 액소시스트들의 행동에 현중은 살짝 오른발을 앞으로 내밀었다. 그 순간 액소시스트들의 시야에서 현중이 사라져 버렸다.

퍼걱!

"……!!"

그리고 들리는 타격음에 고개를 돌려보니 가장 뒤에 있던 액소시스트 한 명이 현중의 주먹에 날려가 구석에 처박혀 버렸다.

"이게 무슨 짓이요!! 우리는 지금까지 산장을 보호해 왔단 말이오!!"

현중의 행동에 발끈한 액소시스트가 큰소리쳤지만 현중은 전혀 개의치 않는다는 듯 고개만 슬쩍 돌려서,

"말해!"

"…뭘… 뭘 말하란 말이요!!"

퍼걱!

쿠당!!

또다시 현중은 느닷없이 주먹을 휘둘러 다른 한 명의 액소시스트를 날려 버렸다.

이 정도까지 되자 남은 두 명의 액소시스트는 현중에게서 뒷걸음질치면서 도망치려고 했다. 하지만,

덥석!

그보다 먼저 현중의 손아귀에 멱살이 잡혀 버렸다.

"쿨럭! 도대체 왜 이러는 것이요!! 우리는 그저 보호하고자 하는 것이요!!"

발버둥 치면서 계속 현중에게 뭐라고 했지만 현중의 대꾸는 오직 하나였다.

"말해!"

그리고 멱살을 쥐고 있는 손에 힘을 더욱 불어 넣자 점점 목이 조여 오는 엑소시스트들의 혈색이 하얗게 변하기 시작했다.

하지만 끝까지 말하지 않는 모습에 현중은 화가 났는지 냅다 던져 버렸다

털썩!! 데구루루!

가볍게 던진 것이었지만 이미 목이 조여 있는 동안 몸의 힘이 빠져버린 엑소시스트들은 아무런 방비도 없이 땅바닥을 뒹굴었다.

그런 그들을 향해 현중은 차가운 시선으로 바라보면서,

"깨운 자가 없는데 좀비들이 일어나 이 산장을 향해 몰려들고 있다. 그리고 기다렸다는 듯 너희들은 산장을 보호하고 있지. 누가 봐도 이상하지 않아? 마치 짜고 치는 고스톱 같은 느낌이 든단 말이야. 마치 사기도박 같은."

현중의 말에 엑소시스트는 입을 굳게 다물고 현중의 시선

을 회피했지만 누가 봐도 이상했다.

처음에 산장의 신성력을 느꼈을 때도 살짝 이상하긴 했지만 그냥 그러려니 했다. 마리아의 조직 구성에 대해서 현중이 모르고 있었으니 말이다.

하지만 지금 수백 마리의 좀비가 몰려들고 있는데 엑소시스트들이 마치 알고 있기라도 한 듯 움직였다는 것은 이상했다.

처음에는 당연히 누군가 외부 세력이 있을 것으로 생각했다.

모르는 사람이 보기에는 엑소시스트들이 자신의 목숨을 걸고 산장을 지키는 숭고한 희생을 한다고 생각되겠지만 현중에게는 아니었다.

쫘악!

엑소시스트는 현중의 말에 바이블만 더욱 끌어안을 뿐이다.

물론 현중도 천심통을 사용해서 알아보려고 했지만, 그놈의 신성력이 뭔지 천심통이 통하지 않는 것이다.

천심통이라고 만능이 아닌 건 알고 있지만 신성력을 머금고 있는 녀석들에게는 쉽게 통하지 않기에 답답할 따름이다.

덜컥!

"이건 뭐예요, 도대체?"

현중이 날뛰면서 생긴 소음 때문에 마리아가 뒤늦게 산장 문을 열고 나왔지만 이미 상황은 끝나가고 있는 중이었다.

거기다 현중에게 내팽개쳐진 두 명의 엑소시스트를 본 마리아는,

"피트, 랄튼, 둘은 거기서 뭐하는 거지?"

마리아는 지금의 상황이 도대체 어떻게 된 건지 알 수가 없었다.

*   *   *

"그러니까 피트, 랄튼, 존, 크렌은 바티칸 소속이란 말이군."

우선 상황이 일단락되고 좀비도 처리가 끝나고 나서도 한참 동안 마리아는 지금의 상황을 이해하는 데 시간이 조금 걸렸다.

거기다 마리아는 커다란 검은색의 낫을 들고 여유있게 서 있는 라이슨의 모습을 보고는 현중에게 뭔가 할 말이 많은 것 같았지만 우선 상황이 그게 먼저가 아니기에 참고 있는 듯 보였다.

거기다 10년 넘게 근무했던 네 명의 요원이 본래 바티칸 소속의 사제였다는 것에 마리아는 충격까지는 아니지만 표정이

굳은 것을 보니 그리 좋은 편은 아닌 듯했다.

사실 MI−6는 비밀스런 정보를 취급하는 곳인데, 그곳에서 10년이 넘게 근무해 온 요원 네 명이 사실 영국 쪽 사람이 아니라 바티칸 소속의 사제였다는 것은 MI−6의 정보가 외부로 빠져나갔다는 것으로 봐도 무리가 없는 일이다. 마리아의 표정이 굳어버리는 것은 어쩜 당연한 일인지도 몰랐다.

"……."

마리아의 말에 아무 말 못하고 네 명은 입을 다물고 있었으나 고개를 숙이지는 않았다.

가장 연장자로 보이는 푸른 머리카락의 피트는 표정이 굳어 있는 마리아에게,

"소속은 바티칸이지만 본래 저희는 엑소시스트입니다. 보스께서 걱정하시는 그런 정보 유출은 없습니다."

단언하듯 말하지만 솔직히 그 말을 100% 신용할 리가 없다.

"…자세한 건 본부에 돌아가서 이야기하지."

냉랭한 말투의 마리아의 모습에 피트는 결국 입을 다물어야 했다.

바티칸은 나라의 크기를 보면 정말 작은 나라지만 로마 카톨릭을 기본으로 교황이 다스리는 국가다.

거기다 종교를 기틀로 해서 그 영향력은 지구 전체를 아우

른다고 해도 과언이 아닐 것이다.

그만큼 바티칸의 힘은 무서웠다. 나라의 크기가 국력을 보여주는 것이 아니라는 것을 극단적으로 보여주는 증거가 바로 바티칸일 것이다.

바티칸은 하다못해 사사로운 군대조차도 없었다. 바티칸을 지키는 군인은 모두 용병인 것을 아는 사람은 다 알고 있으니 말이다.

"그보다 현중 씨, 도대체 오늘 일어난 일은 뭐였죠? 그리고 이곳 주변에 있는 수백 구의 시체는 도대체 또 뭔가요?"

현중이 움직이면 도무지 상식적으로 이해할 수 없는 일이 많이 벌어졌기에 마리아는 이번에도 현중이 연관되어 있을 것이라고 생각하고 현중에게 물었다.

현중은 오히려 고개를 슬쩍 돌려 조용히 앉아 있는 네 명의 엑소시스트, 아니, 전 MI—6 요원들을 물끄러미 바라봤다.

"……?"

마리아도 현중의 그런 모습에 자연스럽게 피트 외 세 명을 바라보았다. 그러자 뭔가 숨기는 듯 표정이 굳어버린 녀석들이다.

그런 모습에 눈치껏 이들이 알고 있다는 생각에 마리아는 조금 강수를 두기로 했다.

"…말을 할 건가, 아니면 정식으로 바티칸 정부에 이의를

제기할까?'

이미 배신자라는 의심을 지울 수 없는 그들을 향해 마리아
가 다시 냉랭하게 물어보자 뭔가 우물쭈물하면서도 쉽게 말
을 하지 않는다.

하지만 다른 국가에 스파이를 심어둔다는 것은 그만큼 민
감한 사안이기도 했다.

만약에 여왕이 알게 된다면 이건 그냥 처벌로 끝날 문제가
아니기 때문이다. 어떻게 잊을 만하면 자꾸 문제가 터지는지
마리아의 두통이 그치질 않는 MI-6였다.

물론 그 중심에는 언제나 현중이 있기도 했다. 이럴 때는
현중 때문에 드러난 일이기에 물론 고마워해야 하긴 하지만
반대로 왠지 트러블 메이커일지도 모른다는 생각이 살짝 드
는 마리아였다.

"…별수 없군요."

피트는 나머지 세 명을 잠시 바라보더니 고개를 끄덕이고
는 입을 열었다.

"사실 본래 저희는 엑소시스트입니다."

"엑소시스트? 그… 악마를 물리친다는 대악마 사제?"

마리아가 묻자,

"네. 물론 믿는 사람도 있고 믿지 않는 사람도 있습니다만,
신이 존재한다고 믿는다면 동시에 악마도 존재한다는 것을

의심하지 말아야 합니다."

확고한 목소리로 말하는 피트의 말에 마리아는 고개를 끄덕였다.

솔직히 마리아도 현중을 만나지 않았다면 지금 피트가 하는 말을 말도 안 되는 헛소리라며 배신했다는 혐의를 피하려 한다고 생각했을 것이다.

하지만 현중과 만나고 이미 말도 안 되는 일을 많이 겪은 마리아는 우선 이들을 믿는 게 아니라 현중을 믿기에 들어보기로 했다.

"12년 전 신탁이 있었습니다."

"신탁?"

마리아가 다시 자신도 모르게 되묻다가 대화가 끊어졌다는 것에 슬쩍 손을 올리고는 입을 다물자 피트가 말을 이었다.

"12년 전 바티칸에 세상을 구할 메시아와 세상을 멸할 종결자가 나타날 것이라는 신탁이 내려왔습니다. 그리고 종결자와 메시아는 동시에 나타나고 그 첫 번째로 각성을 하는 이가 있으니 그의 곁에서 지키라는 신탁이었습니다."

"……."

듣긴 했지만 무슨 뜻인지 도통 이해가 가지 않는 말이다. 그때 2층에서 누군가 내려오는 발걸음 소리가 들려 고개를 돌려보니 레이스가 잠옷 차림으로 작은 토끼 인형을 안고 내려오고 있었다.

"이런, 일어났구나. 더 자지 않고?"

마리아는 우선 레이스를 다시 재워야겠다는 생각에 일어서려 했는데,

"10년 전 제가 처음 미래를 보는 능력을 남들에게 보였다고 할아버지께서 말하셨어요. 그리고 그동안 저를 지켜주신 것이 당신들이었다는 것도 알고 있어요."

똑 부러지게 말하는 레이스의 말에 마리아는 일어서려다 멈칫거리고는 레이스와 피트를 번갈아 바라봤다.

"레이스 양의 말이 맞습니다. 12년 전 신탁을 받고 저희 바티칸에서는 모두 30명의 엑소시스트를 파견했습니다. 그리고 저희 네 명이 우연히 미국에서 레이스 양의 능력을 확인했습니다. 물론 신성력으로 악마의 사술인지 검사도 했습니다."

"…하아……."

마리아는 지금 이 말을 믿어야 할지 말아야 할지 판단이 서지 않았다. 그때 현중이 가만히 있다가 앞으로 걸어나오면서,

"레이스가 신탁의 메시아이거나 아니면, 종결자일지도 모르겠군. 아무튼 그런 존재라는 것을 어떻게 알고 지켰던 거지?"

그렇다. 지금 이들의 말은 너무 포괄적이고 그 어디에도 레이스를 지칭하는 힌트 같은 것도 없었다.

그런데 지금 피트를 보면 레이스를 지키는 것이 자신들의 목숨을 걸 만한 가치가 있다고 굳건히 믿고 있는 모습이기에 이상한 것이다.

"레이스 양이 미래를 보는 능력을 보이고 나서 악마들이 그녀의 곁에 나타나기 시작했기 때문입니다."

"……!!"

마리아는 피트의 말을 듣고는 이번에는 제법 놀랐다. 하지만 현중은 표정의 변화도 없이,

"그럼 오늘 같은 일이 처음이 아니라는 말이군."

피트는 현중의 말에 고개를 돌려 똑바로 보면서,

"네!"

하고 단호하게 대답하자 현중도 슬쩍 레이스를 바라보면서 입을 열었다.

"본래 레이스를 지키던 엑소시스트는 네 명이 아니었겠지. 아마… 열다섯 명? 아니, 어쩌면 스무 명일지도 모르겠군."

현중의 말에 피트는 놀랐는지 눈동자가 살짝 떨리더니,

"…네, 총 스무 명의 형제가 처음에 레이스 양의 곁을 지켰지만 현재 남은 엑소시스트는 저희 네 명이 전부입니다."

피트의 말에 레이스는 슬픈 듯 측은한 눈동자를 했지만 울

거나 하진 않았다.

그리고 현중은 대충 어떻게 된 사연인지 이해가 됐다.

현중 자신은 지금에서야 레이스가 카일라제가 원하던 육체를 지닌 사람인 것을 알았지만 이미 카일라제는 그전부터 알고 있었다는 것이다.

그리고 레이스가 자라서 자신이 몸속으로 들어가도 충분할 나이까지 기다렸다는 것이다. 하지만 신의 화신이 환생한 레이스의 육체는 카일라제만 노리는 게 아닐 것이다.

신의 능력을 그대로 사용할 수 있는 몸이라는 뜻은 악마들에게도 레이스의 몸만 차지하면 악마로서 지상에 강림한 것이나 다름없는 힘을 지닐 수 있다는 것이다.

한마디로 최상의 먹잇감이 임자도 없이 지상에 마음대로 돌아다니니 사탕에 벌레가 꼬이듯 악마들이 계속 다가왔다는 것이다.

"하지만 그건 대답이 아닐 텐데……. 어째서 레이스가 신탁의 주인공이라고 믿는 거지?"

현중은 단호하게 다시 물어보자,

"그녀의 몸에서 신성력을 느꼈습니다."

피트는 한 치의 망설임도 없이 대답했고, 현중은 그 말에 고개를 갸웃거렸다.

"신성력?"

"네."

피트의 모습을 보면 정말 신성력을 봤을 것 같긴 했지만 현중이 본 레이스는 신성력이라고는 눈곱만큼도 없었다.

아니, 미래를 보는 능력을 빼면 오히려 어느 평범한 여자애들과 다를 바가 없는 레이스가 아닌가?

"설마……."

현중은 불현듯 뭔가 스치는 생각에 레이스 곁으로 다가가 자세히 살폈다.

하지만 역시나 피트가 말한 신성력은 쥐꼬리만큼도 느껴지지 않았기에 다시 피트를 보면서,

"난… 저질 농담은 싫어하는데 말이야."

현중이 나직하게 으르렁거리자 피트는 흔들림 없이,

"단 한 번이지만 신성력을 발휘한 적이 있습니다. 그리고 그때 레이스에게 다가왔던 악마 때문에 저희 형제 세 명이 그분 곁으로 돌아가기도 했습니다."

"……."

너무나 단호한 말에 현중도 뭔가 헷갈리기 시작했다.

레이스는 신성력을 발휘할 수 없었다. 아니, 미래를 보는 능력을 가지고 있었다. 하지만 그와 동시에 삼지안 바로나라는 신의 화신이기도 했다.

미래를 보는 능력을 가진 신이라고 전해지는 삼지안은 이

름 그대로 신이었다.

신성력이란 신이 발휘하는 성스러운 능력을 단순하게 말하는 것이기에 만약에 레이스가 삼지안 바로나라는 신의 힘을 각성했다면 당연히 본인이 알 것이다.

"……?"

하지만 현중이 바라본 레이스는 전혀 모르는 눈치였다. 아니, 전혀 모르고 있었다.

그때 피트가 조용히 입을 열고는,

"레이스 양 본인은 모를 겁니다. 그녀가 가장 처음 미래를 보는 능력을 각성한 순간 단 한 번 보여준 신성력이기 때문입니다."

"……."

결국 이야기의 핵심은 신탁을 받고 전 세계를 돌아다니다가 운명처럼 레이스가 각성하던 순간 엑소시스트가 레이스의 근처에 있었다는 것이다.

그리고 신탁에 각성하면 그의 곁을 지키라는 명령이 있었으니 당연히 엑소시스트들은 신성력을 뿜어내는 레이스가 자신들의 신탁에 나오는 메시아라고 철석같이 믿고 목숨을 걸고 지켜온 것이다.

물론 엑소시스트들이 몰래 지키고 있었다는 사실을 레이스 본인만 알고 있는 듯했다. 베이스퍼도 모르고 있을 것이

다. 만약에 알고 있었다면 현중이 모를 리가 없으니 말이
다.

"후⋯⋯."

결국 현중은 다시 돌아와 소파에 앉으면서 피트 외 세 명의
엑소시스트를 보고는 우선 경계심을 풀었다. 거짓말을 하지
않은 것이다. 신성력이란 본래 거짓을 말하게 되면 사라져 버
린다. 그건 진실만을 말해야 하는 것에 어긋나기 때문인데,
이들이 여전히 신성력이 있으니 지금까지 모두 사실만 이야
기했다는 것은 확실했다.

다만 마리아는 현재 이 이야기를 믿어야 할지 말아야 할지
고민하고 있었다.

이렇게 마리아는 혼란을, 현중은 고민하는 그때 피트가 다
시 입을 열었다.

"하지만 그대는 도대체 어떻게 신성력을 쓸 수 있는 겁니
까?"

피트는 한참을 기다렸다는 듯 현중에게 물었다. 그러자 마
리아도 뜻밖이라는 듯,

"현중 씨가⋯ 신성력을? 설마⋯ 정말이에요?"

"현중도⋯ 나와 같아?"

레이스도 피트의 말에 놀란 듯 현중을 보면서 물었다. 현중
은 씨익 웃으면서,

"내 힘은 신성력이 아니야."

간단하게 질문을 일축해 버렸지만 피트는 벌떡 일어서면서,

"아니오! 그건 신성력이었소! 확실하오! 죽은 자를 다시 흙으로 돌려보낼 수 있는 힘은 신성력뿐이오!"

단호하게 현중의 힘이 신성력이라고 소리치는 피트였다.

물론 피트의 말이 틀린 말은 아니다. 하지만 엄밀히 말하자면 현중이 좀비를 흙으로 돌려보낼 수 있는 것은 바로 그가 가진 마나의 성질 때문이지 결단코 신성력 때문이 아니다.

모두의 시선을 받고 있던 현중은 슬쩍 피터를 보면서,

"그대는 죽은 자를 흙으로 돌려보내는 게 신성력뿐이라고 단언하는가?"

"물론이요!"

신을 믿는 자에게 신성력뿐이라고 대답하는 건 당연했다 하지만 그런 그들의 모습에 현중은 피식 웃으면서,

"자신이 믿는 것만 옳다고 생각하는 그 아집과 고집이 종교의 장점이자 단점이기도 하지. 하지만 말이야, 내 힘은 신성력이 아니야."

냉정하지만 단호한 현중의 말에 피터는 이해할 수 없다는 표정이다.

"그리고 난 너희들처럼 내 힘을 쓴다고 생명을 갉아먹거나 하지도 않아."

"……!"

피터는 현중의 말에 몸이 굳어버렸다.

신성력을 사용하면서 생명과 맞바꾼다는 것은 신성력을 사용할 수 있는 엑소시스트들만의 비밀이다.

그만큼 희생정신이 기본 베이스로 깔려 있어야 사용할 수 있는 게 신성력이기에 엑소시스트들은 신성력을 사용함으로써 자신의 생명이 줄어드는 것을 당연하게 생각했다.

그런데 현중이 그걸 알아볼 줄은 몰랐다.

"하지만……."

현중이 슬쩍 운을 떼더니 레이스를 한번 보고는,

"너희들의 선택은 맞았어. 레이스가 신탁이 말한 주인공이 맞긴 하니까."

"…그걸… 어째 당신이… 안단 말이오?"

피터가 현중의 말에 의심스러운 눈빛을 하고 바라보자 현중은 별것 아니라는 듯,

"당신들만 그분의 말을 듣는 게 아니지. 나도 믿는 백이 있어서 말이야."

따지고 들자면 치우도 신이다. 그리고 카일라제의 존재를 아는 사람은 현재 현중과 라이슨의 몸에 들어가 있는 베리얼

뿐이었기에 믿는 백이 있는 것도 맞았다.

"…설마… 그분이라는 게……."

피트가 현중의 그분이라는 말에 떨리는 듯 물어보자 대답 대신 손가락을 하나 펴서 하늘을 향해 가리켰다.

"이해됐지?"

현중이 대답하자 피트는 갑자기 벌떡 일어서더니 현중을 향해 90도로 고개를 숙였다. 피트가 그러자 다른 세 명도 동시에 일어서서 현중을 향해 고개를 숙였다.

"뭐… 하는 거지?"

현중이 갑작스런 이들의 반응에 눈빛을 날카롭게 뜨고 물어보자,

"신의 종이 메시아를 뵙습니다."

피트의 말에 현중은 자신도 모르게 중얼거렸다.

"…메시아?"

그리고 마리아는 다시 한 번 멍한 눈으로 현중을 바라봤고,

"……."

"현중, 본명이 메시아였어?"

레이스는 메시아가 뭔지 확실하게 모르는 듯했다.

"신탁은 모두 두 가지였습니다. 첫 번째는 제가 방금 말한 것이고, 두 번째는 '나의 힘을 지상으로 내려 보내니 나의 힘을 보이는 자가 있다면 그가 바로 곧 나의 뜻이니라' 라는 신

탁이었습니다."

졸지에 현중은 바티칸 신탁에 나오는 신의 사자이자 신의 힘을 대행하는 메시아가 되어버렸다.

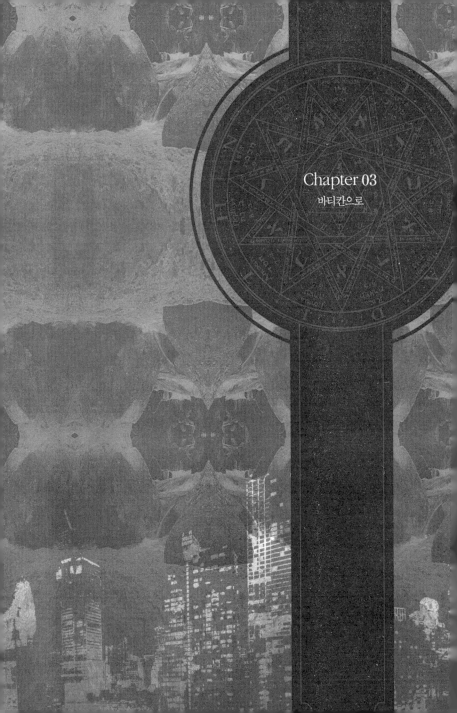

Chapter 03
바티칸으로

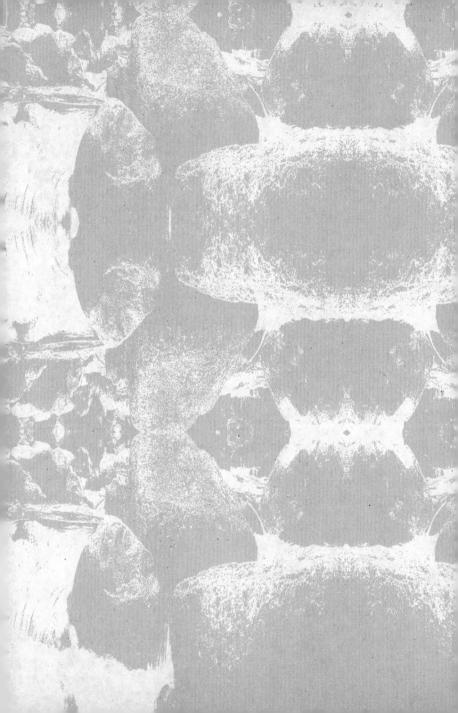

현중은 산장의 발코니가 보이는 커다란 창문을 바라봤다.

창문 너머로는 베리얼이 자신의 흔적인 좀비 시체를 치우
느라 정신없는 모습이 보였지만 도와줄 마음은 애초에 눈곱
만큼도 없기에 무시했다.

그때, 옆에 있던 마리아가,

"축하해야 되나요?"

마리아는 현중의 옆에서 슬쩍 묻다가 현중의 표정이 묘하
게 변해 있기에 다시 입을 다물어 버렸다.

"…에휴……."

물론 마리아는 현중을 놀린다기보다는 나름 신의 사자로
서 인정받았다는 것에 축하한다는 것이었다.

하지만 묘하게 타이밍상 놀리는 말로도 들릴 수 있었기에
뒤늦게 자신의 실수를 깨닫고 입을 다물자 현중은 그런 마리
아를 보고는,

"괜찮아요. 어차피 저도 알고 있는 거니까요. 물론 12년 전
에 신탁까지 내려왔을 줄은 몰랐지만 말이죠."

말끝을 살짝 흐리는 현중의 말에 마리아도 그리 기분이 좋
지만은 않았다.

하지만 현중을 가만히 바라보고 있던 마리아는 현중에게,

"그럼 저를 만나기 전부터 현중 씨는 저들이 말하는 종말
을 준비하고 있었다는 거군요?"

힘없이 말하는 마리아의 말에 현중은 마리아를 보다가 다
시 창문 너머의 숲을 보면서,

"제가 알게 된 건 얼마 되지 않아요."

사실 현중이 카일라제의 야욕을 알게 된 것은 기껏해야 2년
정도밖에 되지 않았다.

하지만 마리아는 현중이 말한 기간보다 왜 그동안 현중이
그토록 강함에 목말라 했는지 이해가 되기도 했다.

세상의 종말을 상대로 맞서야 하는 운명을 가진 현중이다.

인간이 아무리 강하다고 해봐야 결국 인간인 것이다. 물론

마리아가 보기에는 현중은 이미 인간의 틀을 벗어났지만 말이다.

하지만 상대는 신이 예언한 종결자였다. 신에 버금가는 힘을 가지고 있을 것이 분명했다.

그렇다면 현중이 지금까지 무언가 쫓기듯 힘을 찾아다니면서 분주하게 움직인 것도 모두 이해가 되었다.

거기다 마족의 등장도 어느 정도 연관이 있어 보였다.

마리아는 현중을 보면서 일부러 웃으며,

"괜찮을 거예요. 1999년에도 종말이 온다고 세계적으로 말이 많았지만, 봐요? 지금 2002년이에요. 세상은 멀쩡하게 돌아가고 있잖아요? 안 그래요?"

애써 현중을 위로하려고 한 말이겠지만 현중은 그저 웃을 뿐이었다.

탁탁!

마리아는 현중의 어깨를 살짝 두들기면서,

"남자가 너무 무게 잡으면 여자에게 인기 없어요."

"알아요. 후후훗."

현중은 그냥 마리아의 분위기에 맞춰주기 위해서 웃었다. 그 모습에 마리아도 만족했는지,

"그만 자요. 아직 해가 뜨려면 몇 시간 남았으니까요. 눈이라도 좀 붙여두는 게 내일을 위해서도 좋잖아요?"

마리아는 어떻게든 현중의 기분을 풀어주고 싶은 듯했다.

하지만,

"쉬어요. 전 아직 저 녀석이 정리를 끝내는 걸 지켜봐야 하거든요."

현중이 손가락으로 아직도 반 토막 난 좀비 시체를 질질 끌고 다니면서 산을 뛰어다니는 베리얼을 가리키자 마리아는 그제야 베리얼이 눈에 들어왔는지,

"맞아. 저것도 저에게 설명해 줘야 해요. 도대체 라이슨이 좀비를 죽이는 힘을 가지고 있는 것도 그렇고, 커다란 낫은 또 뭐죠?"

현중에게 다시 호기심이 가득한 얼굴로 물어보는 마리아였지만 현중은 한마디만 했다.

"본인한테 직접 들으세요."

"쳇."

마리아는 어차피 현중이 쉽게 대답해 주지 않을 거란 걸 예상한 듯 작게 투덜거리고는 가벼운 손 인사를 끝으로 자신의 방으로 들어가 버렸다.

하지만 마리아가 방으로 들어간 뒤에도 현중은 그 자리에 서서 창밖을 보면서 생각에 빠질 수밖에 없었다.

신탁은 12년 전에 내려왔다고 했다. 마치 지금의 모든 현상을 예언이라도 하듯 말이다.

그 말은 현중이 이렇게 될 것임을 그분이란 존재는 이미 12년 전에 알고 있었다는 것이다.

"후후훗."

작게 웃음을 터뜨린 현중은 창밖으로 보이는 달을 보면서,

"마치 누군가의 장기 말이 되어 움직이고 있는 것 같군."

점점 알아갈수록 이미 정해진 길을 가고 있다는 느낌을 지울 수 없는 현중은 허탈하면서도 한편으로는 안심이 되는 자신의 기분을 이해할 수 없었다.

하지만 곧 그런 기분도 머릿속에서 지워 버렸다.

이제 와서 뒤로 물러날 수도 없으니 말이다. 그리고 느껴졌다. 곧 마지막이 다가온다는 것을 말이다.

하나씩 비밀이 밝혀지면서 더 이상 현중이 물러날 곳도 없게 상황이 움직이고 있으니.

"숨어서 계속 있을 건가?"

현중이 고개도 돌리지 않은 채 한마디 하자 구석의 어둠 속에서 피트가 모습을 드러냈다.

"저희와 함께 교황 성하를 뵈었으면 합니다."

"훗. 내가 왜 그래야 하지?"

솔직히 현중이 교황을 만날 필요는 없었다. 어차피 상대가 누군지, 어떤 생각으로 일을 벌이는지 다 알고 있으니 말이다.

하지만 그런 현중의 생각을 피트는 단 한마디로 뒤집어 버렸다.

"교황 성하께서 직접 받은 신의 계시를 들을 자격이 있는 분은 당신뿐이기 때문입니다."

"……?"

현중은 고개를 돌리면서 피트를 바라보더니,

"교황이 직접 받은 계시?"

"네."

"그런 게 있었나?"

조금 전 분명 신탁은 좀 전에 말한 것이 전부라고 했다. 그리고 그게 거짓이 아니고 말이다.

그런데 이제 와서 교황이 직접 받은 계시라는 말은 현중의 머릿속을 살짝 어지럽게 만들기에 충분했다.

지금도 솔직히 꼬여가는 상황에 벌여놓은 일이 많아서 처리하려면 골머리 좀 썩혀야 하는데 여기에 바티칸까지 겹치면 정말 스트레스가 장난 아니기 때문이다.

"저도 방금 연락하여 직접 교황 성하께 들은 전언입니다."

"교황이 직접 받은… 계시라……."

현중은 솔직히 바티칸까지 끼어드는 게 내심 불만이지만 이미 현중이 나서기 훨씬 전부터 레이스를 보호해 온 이들이니 이제 와서 현중이 빠지라고 할 수도 없는 노릇이었다.

물론 때가 가까워져 오는 만큼 이제 엑소시스트만으로 레이스를 지키기는 힘들 것이다.

원래 현중은 레이스를 자신의 곁에 두려고 했다. 현재 누가 생각해도 세상에서 가장 안전한 곳은 현중의 곁이니 말이다.

그리고 현중도 레이스가 바로 곁에 있어야 어느 정도 안심이 되었고, 만일 최악의 사태가 벌어지더라도 즉각 대응할 수 있다는 장점 때문에 강제로라도 레이스를 데리고 움직이려고 했다.

물론 지금 당장은 아니다.

상황을 보고 시간이 있다고 판단되면 러시아에 벌여놓은 사이언톨로지 녀석들을 처리하고 나서 해도 되고, 정말 시간이 안 된다면 테른을 레이스 곁에 두는 방법도 있다. 현재 현중이 취할 방법은 나름 많아서 선택의 폭이 넓은 편이었다.

하지만 바티칸이라니…….

"내가 가야만 한다는 거군."

"네."

현중이 재차 확인하듯 한 번 더 물어보자 피트는 강하게 고개를 끄덕였다.

물론 지금 상황에 바티칸을 현중의 편으로 끌어들인다면 정말 유리한 상황으로 이끌 수도 있다. 하지만 그만큼 위험부담이 큰 것이 사실이다.

거기다 현중은 종교라는 것을 그리 신용하는 편도 아니기에 살짝 거부감이 드는 것도 있었다.

물론 이 모든 게 다 카일라제 때문에 신에 대한 환상이 완전히 부서진 탓이지만 말이다.

아무튼 지금 현중은 고민 중이었다.

이대로 바티칸으로 가서 교황을 만나봐야 하는 것인가, 아니면 그냥 무시하고 본래 자신의 계획대로 움직여야 하는 것인지 말이다.

—마스터, 전 바티칸에 가보시는 것을 추천 드립니다.

현중이 고민하는 것을 알았는지 테른의 목소리가 들렸다.

'너는 그렇게 생각하는 거냐?

—네. 우선 객관적으로 저희보다 레이스 양을 오랫동안 보호해 왔고, 거기다 그분의 말씀을 들은 사람이 있다는 것은 좋든 싫든 마스터께서 가셔야 한다는 겁니다. 설사 저희에게 안 좋은 계시였다고 해도 알고 있는 것과 모르고 있는 것은 차이가 큽니다.

냉정할 만큼 테른은 지극히 객관적이고 논리적으로 풀이해서 말했다.

현중도 솔직히 개인적인 거부감 때문에 고민하는 것이지 이성적으로는 바티칸을 가보는 것이 맞다고 생각은 하고 있었다.

하지만 워낙에 기분 내키는 대로 움직이고 행동하는 성격의 현중에게 거부감이 드는 곳에 제 발로 찾아간다는 것은 고민거리가 될 수밖에 없었다.

남들이 보기에는 그걸 왜 고민하느냐고 반문할 수도 있지만 옛말에 평양 감사도 본인이 싫으면 할 수 없다고 했다.

그렇지만 어차피 결과는 정해져 있기도 했다.

개인적인 기분만으로 판단하고 움직이기에는 앞으로 벌어질 일이 너무나 크기에 우선 이성적인 판단과 테른의 조언에 따르기로 했다.

"나 혼자 가도 상관없겠지?"

"네? 아, 네, 그렇습니다만, 제가 안내하겠습니다."

"자네가?"

스스로 현중의 안내자가 되겠다고 나서는 피트의 모습에 현중은,

"이곳의 레이스는 누가 지키지?"

그렇다. 지금 엑소시스트 네 명도 솔직히 버티기 힘들었는데 거기서 리더 격인 피트가 빠진다면 더욱 약화될 것이 뻔하니 말이다.

하지만 그런 현중의 질문에 피트는,

"교황 성하께서 당신이 모습을 드러낸 이상 저희가 지키고 있는 레이스 양의 안전을 모른 체하지 않을 것이라고 하셨습

니다."

"···크크킄··· 크크킄······."

현중은 피트의 말에 갑자기 실소를 머금더니 입가의 틈이 벌어지면서 웃음을 흘렸다.

"그렇단 말이지."

솔직히 피트의 말을 듣고 현중은 어이가 없었다.

현중이 모습을 드러냈다고 현중에게 떠넘기듯 말하는 것이 영 못마땅하긴 하지만 그와 동시에 노련한 상황 대처 능력과 함께 현실을 바로 보는 관찰력까지 가지고 있다는 느낌을 단번에 받은 것이다.

물론 현중은 이들이 부탁하지 않아도 레이스를 지켜야 하는 입장이다. 그런데 교황은 먼저 부탁하듯 자연스럽게 현중에게 레이스의 처우를 넘긴 것이다. 아주 자연스럽게 말이다.

"그럼 움직여야겠군."

저벅저벅.

현중이 바로 바티칸으로 갈 것처럼 움직이자 피트는 급히 현중을 불러 세우면서,

"첫 비행기가 여섯 시간 후에나 움직입니다. 아직 시간이 많습니다."

"비행기? 크크킄, 그대는 그대들이 말하는 메시아라는 존재가 그깟 고철을 타고 다녀야 할 만큼 무능해 보이는가?"

"네? 그게 무슨……?"

덥석!

현중은 설명도 없이 곧바로 피트의 멱살을 잡더니,

"내가 가고자 하는 데는 길이 필요 없다. 오직 내가 나가려는 발걸음만이 있을 뿐이지."

스윽!

현중이 오른발을 내미는 것과 동시에 산장에서 현중과 피트는 사라져 버렸다.

그들이 산장에서 사라진 것과 같은 시간에 모습을 드러낸 곳은 바티칸의 수도인 바티칸 시티였다.

지도상 위치는 이탈리아 로마의 북부 쪽에 위치한 곳으로 대충 장화 모양으로 유명한 이탈리아의 딱 중간 부분이다.

바티칸 시국이라는 이름에서 알 수 있듯 바티칸은 교황이 다스리는 교황제 나라였다.

시간이 밤이라 그런지 다니는 사람은 적었지만 그렇다고 치안이 그다지 나빠 보이지는 않았다.

아니, 오히려 고풍스러운 느낌과 분위기가 한데 어우러져 여기서 뭔가 나쁜 짓을 하면 정말 천벌을 받을지도 모른다는 듯한 느낌이 들었다. 하지만 그건 순전히 현중이 개인적인 느낌일 뿐이다.

사람 사는 곳이 어차피 거기서 거기이듯 대충 분위기를 머

릿속에서 지워 버린 현중이 피트를 바라보자,

"…여긴……?"

아직도 얼떨떨한 모습으로 주변을 두리번거리면서 손으로 가까이 있는 벽을 만져 보는 행동을 계속하는 중이다.

"안 가나?"

"여긴… 설마……?"

피트는 자신이 생각하는 그곳이 맞는지 믿을 수가 없어서 현중에게 되물었다.

"바티칸 시국의 수도인 바티칸 시티인데, 문제 있나?"

현중이 오히려 뭐가 이상하냐는 듯 묻자 피트는 곧 정신을 차리고는 고개를 크게 끄덕이며,

"알겠습니다. 제가 신의 일에 의문을 가지는 짓을 했습니다."

현중은 그저 순간이동 능력인 축천법까지 사용하는데 굳이 비행기를 탈 이유가 없기에 시간도 아낄 겸 이동한 것이지만, 피트가 오히려 현중이 행하는 일에 의문이나 질문을 한다는 것이 무슨 큰일이라도 되는 것처럼 말하자 웃어버리고 말았다.

본인이 그렇다는데 굳이 현중이 설명할 필요도 이유도 없으니 말이다.

어차피 바티칸 시국이 땅덩이가 작은 곳이고 현중이 이동

을 잘했는지 의외로 쉽게 교황이 머물고 있는 사도궁전으로 안내되었다.

　물론 들어가는 데 엄청나게 까다로운 절차를 거치긴 해야 했지만 그건 모두 피트가 간단하게 해결했다.

　하지만 절대로 현중이 누구인지는 피트도 밝히지 않았고 사도궁전에서도 묻지 않았다.

　보통은 모르는 외부인이 중요 건물에 들어갈 때는 필수적으로 모든 검사를 하는 게 당연한데, 바티칸만 그런지 모르지만 아무튼 현중에게 눈길을 주는 사람은 많아도 그 누구도 현중에게 대화를 걸거나 다가오는 이는 없었다.

　또각, 또각, 또각.

　잘 정리된 모습과 아치형의 복도는 기둥부터 천장까지 모두 그림과 미술품으로 장식되어 있었다.

　지금 현중이 걷고 있는 복도만 해도 마치 하나의 미술관을 압축시켜 놓은 듯했다.

　사도궁전은 일명 교황궁으로 불리기도 하며 일각에서는 바티칸 궁전으로 불리기도 하는 곳이다.

　만들어진 시기는 5세기 무렵이고, 처음에는 로마를 방문하는 외국의 사절을 접대할 때에만 사용되다가, 아비뇽 유수기(1309년-1377년)에는 교황의 정식 거처를 라테란 궁전으로 옮겼다.

하지만 그 후 교황 그레고리오 11세가 다시 로마로 돌아오면서 사도궁전이 교황의 정식 주거지로 확정되었다.

이들 건물들의 수세기에 걸친 증축, 개축에는 대부분 당시 르네상스 시대의 건축, 조각, 회화의 거장들이 모두 다 참가한 것으로 유명한데, 대표적으로 브라만테, 미켈란젤로, 라파엘로, 산 가로, 마델로, 베르니니 등의 거장들이 바티칸 궁전을 지상에서 가장 훌륭한 궁전으로 꾸미려 했다.

"화려하군."

현중이 간단하게 한마디 하자 피트는 그런 현중에게,

"현재 세상에서 가장 아름다운 궁전이라고 자부합니다."

라고 자부심이 대단한 목소리로 대답했다.

하지만 현중은 그저 화려하고 볼 것이 많기에 말 그대로 화려하다고 했을 뿐이다.

실제로 견고한 이 궁전에는 장중하고 웅장한 천사백 개가 넘는 방과 천 개에 달하는 계단, 스무 개의 안뜰, 수천 채의 건물이 늘어서 있는데, 이 안에 박물관, 도서관, 화랑, 전시실 등이 무수히 포함되어 있는 것은 기본이다.

거기다 궁전의 최고층에 있는 교황의 사저는 궁전의 두 측면을 둘러싸면서 복도로 이어지고, 이 복도는 프레스코 그림들로 장식된 오래된 로지아(한쪽에 벽이 없는 복도 모양의 방)로 연결되어 있다.

교황 사저에는 현관, 서재, 교황 비서실, 그리고 주일이면 순례객을 향해 축복을 내려주는 직무실, 침실, 대리석 목욕탕, 영화 상영실, 의료실, 개인 경당, 작은 거실, 식당과 부엌 등으로 구성되어 있다.

하지만 이렇게 화려하기만 한 것은 아니었다.

1981년 교황 요한 바오로 2세 암살 기도 사건이 있은 후 교황청 당국은 저격수로부터 교황을 보호하기 위해 교황 전용 테라스와 창문 앞 강단에 방탄유리를 설치하는 어쩔 수 없는 방법을 취하기도 했다.

화려하지만 그 속에 무엇이 있을지 모르는 것이 현중이 느낀 사도궁전의 본질적인 느낌일 것이다.

"이곳이 교황 성하의 사저입니다. 전 여기까지입니다."

사도궁전의 최고층에 위치한 교황의 사저 앞까지만 안내하고 피트는 복도 뒤쪽으로 물러났다.

그리고 현중이 문 앞에 서자,

끼이이익.

마치 기다렸다는 듯 커다란 문이 열리면서 현중을 맞이하는데, 역시나 궁전의 화려함이 집중되어 있는 듯한 교황의 사저 안은 화려하면서도 무언가 있어야 할 곳에 모든 것이 딱 맞게 있는 듯 정돈된 느낌이었다.

뭐랄까, 이곳의 꽃병 하나도 마치 오랜 시간 고민하고 놓아서 더 이상 다른 곳으로 옮기거나 바꿔야 할 이유가 전혀 없는 듯 완벽하게 전체와 어울렸다.

세월이 흐르면서 자연스럽게 만들어진 모습이라고 해야 할까?

아무튼 현중에게 사도궁전이라는 곳은 확실하게 화려한 곳이라는 첫인상을 강하게 남겼다.

"그대가……."

현중이 천천히 걸어서 교황이 있는 곳으로 다가가자 그가 일어서서 현중을 맞이했다.

교황보다 키가 큰 탓인지 현중이 자연스럽게 교황을 내려다보는 구도였다. 하지만 교황은 전혀 신경 쓰지 않는 듯 가볍게 올려다본 후 곧 옆에 마련된 고풍스러운 의자에 둘 다 자리했다.

"이쪽으로 앉으세요."

교황이 직접 현중을 안내했고, 현중은 우선 교황의 말에 따라 자리를 옮겨 앉았다.

하지만 이미 이곳에 현중과 교황 외에는 그 누구도 인기척이 없다는 것을 안 현중은 교황을 보면서,

"모두 물리셨군요."

"그들이… 알아서는 안 되는 일이니까요."

현중에게 나직하게 존대를 하는 교황은 눈가의 주름만큼

이나 세월의 힘이 느껴졌다. 하지만 눈동자와 목소리에서만큼은 힘이 깃들어 있었다.

현중에게 교황은 비교하기에는 좀 그렇지만, 영국 여왕과 완전히 반대되는 첫 느낌을 전해주었다.

여왕은 처음부터 쉽지 않은 사람, 노련미가 물씬 풍기는 느낌이었다면 교황은 세월의 힘에 순응하면서도 그것에 약해지지 않는 느낌이 강했다.

"......"

"......"

현중과 교황은 서로 잠시 아무 말 없이 서로를 바라봤다. 현중은 그저 교황이라는 사람이 어떤 사람인지 궁금해서였고, 교황은 나름 현중에 대해서 알아보려고 하는지 현중의 눈을 똑바로 바라봤다.

사실 현중의 눈을 똑바로 바라보면서 이렇게 오랫동안 평정심을 유지한 사람은 거의 없다.

은연중에 뿜어져 나오는 현중의 힘은 눈동자를 오랫동안 마주하고 있으면 자신도 모르게 위축되게 마련이다.

이건 이성적으로 느끼는 게 아니라 본능적으로 깨닫는 것이었다.

보이지 않고 아무리 갈무리하고 있지만 눈동자는 마음의 창이라고 하는 말이 거짓이 아니듯 현중의 눈동자를 교황처럼 오래 바라본다면 자신도 모르게 고개를 돌리는 게 대부분이기에 현중도 은연중에 궁금했다.

과연 교황이 얼마나 오랫동안 자신의 눈동자를 지켜볼 수 있을지 말이다.

그런데 현중의 그런 예상은 보기 좋게 빗나갔고, 현중과 교황은 서로의 눈동자만 바라보면서 15분이 넘게 남자끼리 눈으로 교감을 나누는 시간을 보냈다.

"여유로우신가 보군요."

현중이 먼저 말을 꺼내자 교황은 너털웃음을 지으며,

"이 나이가 되면 남는 게 시간이라고들 말하더군요."

시종일관 여유로운 모습이다. 물론 현중도 급할 게 없었다. 이들이 원해서 온 것이지 현중이 원해서 이곳에 온 게 아니었으니 말이다.

"신성력을 사용한다고 들었습니다."

교황은 현중에게 의심스럽다는 말을 했지만 눈동자는 전혀 그런 의심이 깃들어 있지 않았다.

현중도 솔직히 지금 교황의 행동과 말투는 왠지 형식적이라는 것을 느꼈다. 지만 때론 그런 형식적인 것이 무엇보다 필요할 수도 있다는 것을 알기에,

"전 신성력이 아니라고 했습니다. 신성력과 같은 성질의 힘일 뿐이죠."

"그렇군요."

별다른 말 없던 교황은 일어서더니 천천히 걸어서 자신이 집무를 보는 커다란 책상으로 갔다. 그곳에서 작은 나무로 만들어진 목함(木函) 하나를 꺼내 다시 조금 전 현중과 마주 보던 자리로 돌아와 앉았다.

스으윽.

그리고 교황은 가져온 목함을 현중에게 내밀더니,

"이걸 열게 되면 제가 당신을 이곳으로 오게 한 이유를 알게 될 것입니다."

"……."

현중은 말없이 교황이 내민 목함을 바라봤는데, 어른 손바닥만 한 크기에 두께는 어른 주먹만큼 두꺼웠다.

나무를 깎은 모습이나 특유의 질감이 잘 표현된 것을 보니 그냥 흔한 나무로 만들어진 것은 아닌 듯했다.

덥석.

현중은 별 의심 없이 목함을 손으로 집었는데 무거웠다.

"리그넘바이티(Lignumvitae)라는 나무로 만든 겁니다."

"리그넘바이티?"

현중은 처음 듣는 이름이었지만 그리 낯설지가 않았다.

"나무의 진액을 상처에 바르면 상처를 치유해 주는 효과도 있습니다."

교황이 나무에 대해 설명하자 현중의 머릿속에 떠오르는 나무 하나가 있었다.

"유창목."

그렇다. 리그넘바이티는 영문식 표기이고, 동양권에서는 유창목이라고 부르는 나무로 비중이 1.4까지 나가며 물에 가라앉는 나무로 유명했다.

흑단목이 단단하다고도 하는데 리그넘바이티가 비중이 더 높아서 실제로는 조금 더 단단했다.

오죽하면 리그넘바이티가 별명이 아이언 우드라는 말로 불리는 경우가 더 많겠는가.

실제로 무거워서 그렇지 이걸로 방패를 만들면 막지 못할 것이 없고, 도끼자루로 만들면 부러지는 일이 없다고 말하는 사람들도 있었다.

사실 좀 과장된 면도 있긴 하지만 나무 중에서 그 단단함은 설명이 필요 없었다.

오죽하면 리그넘바이티를 자르려면 도끼로 10일 밤낮을 찍어야 겨우 벨 수 있다고 하니 말이다.

거기다 가공하기가 여간 까다로운 나무가 아니었다.

그런데 현중이 보기에도 못질 하나 없이 끼워 맞추는 것으로만 상자를 만든 것도 그렇고 너무나 세심하게 만들어졌다.

집어 들고 나서야 현중도 알게 된 것이 바로 상자에 여는 입구가 없다는 것이다.

"입구가 없군요."

현중이 교황에게 말하자 교황은 고개를 끄덕이면서

"그렇습니다. 그건 지금까지 열린 적이 없습니다."

열린 적이 없는 나무 상자를 자신에게 내밀은 교황의 의중을 알 길 없는 현중이 가만히 바라보자 교황은,

"계시가 있었습니다. 그걸 넘기면 된다고 말입니다."

"…그게 끝입니까?"

"네."

너무나 간단한 교황의 말에 현중이 다시 목함을 보았다. 역시나 재주좋게 목재를 서로 끼워 맞춘 모습이지만 그 어디에도 빼거나 할 수 있는 틈이 없었다.

혹시나 해서 힘을 줘서 강제로 하려고 했지만 꿈쩍도 하지 않았다. 거기다 묘하게 현중의 신경에 거슬리는 것은 바로 마나였다.

나무라 만들어진 목함의 표면에 마나의 흐름이 느껴지는 것이다.

"누가 만든 겁니까?"

힘으로도 안 되고 마나를 사용해서 열려고 해도 안 된다면 결국 교황에게서 정보를 얻어야겠다는 생각에 물어보자,

"그걸 만든 분은 레오나르도 다빈치입니다."

"…희대의 천재 과학자로군요."

"그렇게 불리기도 하지만 실제 천재이셨습니다."

태양을 중심으로 지구가 돈다는 주장을 했다가 결국 외압에 자신의 결정을 번복했던 레오나르도 다빈치는 실제로 천재였다.

그건 현중도 인정하는 일이다. 인간의 역사를 통틀어 레오나르도 다빈치처럼 여러 방면에 두각을 나타내고 업적과 자신의 흔적을 남긴 인물은 솔직히 찾아보기 힘드니 말이다.

하지만 레오나르도 다빈치가 만든 이 작은 목함을 왜 교황이 보관하고 있는지 의문이 들었다.

거기다 교황은 마치 레오나르도 다빈치를 잘 아는 듯 친근하게 말하는 모습까지도 이상하다.

"그럼 그분이 만든 목함을 왜 교황께서 보관하고 있고 그걸 저에게 주시는지 알고 싶습니다. 그냥 넘겨주면 된다고만 하셨다면 이 목함에 관한 모든 것을 넘겨받아도 된다고 판단합니다만."

현중이 나직하게 말하자 교황은 그럴 줄 알았다는 듯,

"그렇습니다. 우선 그 목함은 본래 진품을 본떠 만든 가품입니다."

"가품… 이라함은… 이것과 똑같은 진짜가 따로 있다는 말이군요?"

　"네. 그리고 아마 아실 겁니다. 판도라의 상자라고."

　"……!!"

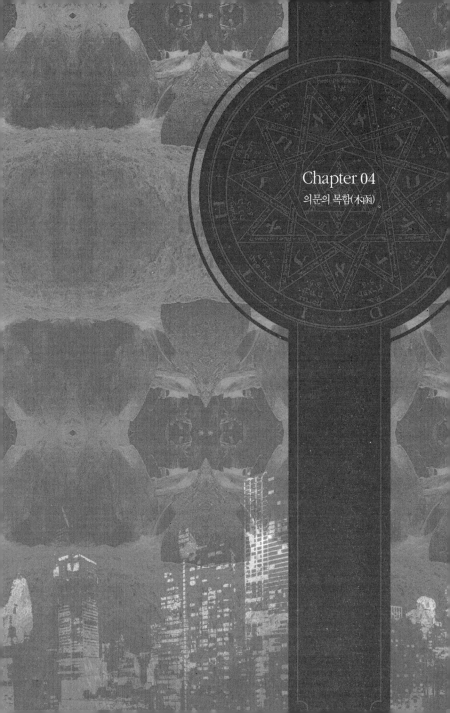

Chapter 04
의문의 목함(木函)

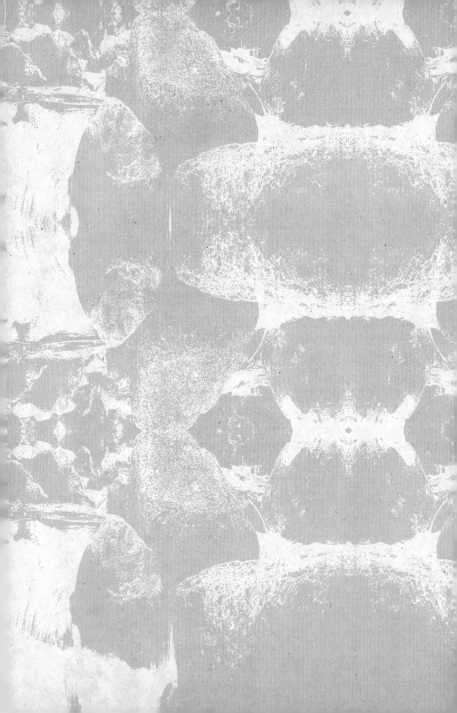

현중은 교황의 말에 자신이 들고 있던 목함과 교황을 번갈
아 바라봤다.

"이상합니까? 그게 판도라의 상자를 본떠 만든 가품이라는
게?"

솔직히 말도 안 된다고 생각했다. 판도라의 상자는 이미 웬
만한 카톨릭 문화를 가진 나라에서는 다 알고 있고 영화의 단
골 소재이기도 하다.

하지만 판도라의 상자는 그리스 신화에 나오는 것이다. 그
러니 바티칸에서 이걸 가지고 있을 리가 없는 것이다.

역사학자 사이에서는 그리스 신화를 모티브로 해서 만들어진 게 카톨릭이라는 말도 있었다. 확실히 유사점이 많긴 하지만 서로 아니라고 하니 주장일 뿐이기도 했다. 현재는 말이다.

그런데 그런 판도라의 상자가 교황의 책상에서 나왔다는 게 여러 가지로 의미가 많은 것이다.

"무슨 생각을 하는지 알고 있습니다. 의문이 들겠죠. 어째서 판도라의 상자가 저의 품에 있는지 말입니다. 하지만 이건 역대 교황에게 내려진 하나의 숙제이기도 합니다. 열지 말아야 하는 것, 그리고 열 수 없도록 만들어진 것, 하지만 그렇기에 더욱 열어보고 싶은 것."

교황은 말을 하면서 현중의 손에 들려 있는 목함, 아니, 판도라의 상자를 본떠 만든 가품을 가만히 지켜보았다.

"그건 가품임과 동시에 진품이기도 합니다."

교황의 말은 어떻게 들으면 뭔가 앞뒤가 안 맞기도 하지만 현중은 단번에 무슨 뜻인지 눈치를 챘다.

"제작자가 한 사람이라는 말이군요."

"그렇습니다. 우선 교황에게만 전해지는 비사를 말하지 않을 수 없는데… 현중이라고 했지요?"

"네."

현중을 지그시 바라보던 교황은 현중을 날카롭게 바라보

면서,

"한 가지 약속을 해주셔야 할 게 있습니다."

"말씀하시죠. 어차피 전 입이 무겁습니다."

"지금부터 듣는 모든 이야기는 무덤까지 가지고 가야 합니다."

이미 교황에게만 전해지는 비사라는 말에서 어느 정도 예상한 것이기에 현중은 별것 아닌 듯 고개를 끄덕였다.

솔직히 교황이 지금 말하려는 비사보다 현중의 실제 과거가 더 황당하고 믿어지지 않을 이야기였으니 현중에게는 그리 특별할 것도 없었다.

하지만 교황은 이걸 이야기하는 것이 마치 자신의 목숨을 담보로 엄청난 것을 말하는 듯 긴장하기 시작했고, 심박수가 빨라지는 것을 현중은 느꼈다.

"이제부터 제가 말하는 것은… 역대 교황에게만 전해지는 이야기입니다. 지금으로부터……."

교황의 말은 시작되었고, 현중은 조용히 듣기만 했다.

그런데 이야기가 흘러갈수록 현중의 표정이 굳어지기 시작했다.

"흐음……."

거기다 침음성까지 섞어가면서 교황의 말을 듣기 시작한 현중은 어느새 교황이 말하는 비사에 완전 빠져들어 버렸다.

실제로 교황이 말한 내용은 10분 정도로 그리 길고 장황한 이야기는 아니지만 그 내용은 너무나 충격적이었다.

"…이 내용이 세상에 알려진다면 지금의 종교 윤리가 무너지겠군요."

현중이 나직하게 말하자 교황은 고개를 조용히 끄덕이면서,

"세상의 모든 종교라는 것의 뿌리가 흔들릴 겁니다. 그리고 그런 일이 일어나서도 안 되고요."

현중은 비사를 듣고 나서 오히려 이런 내용을 역대 교황들이 가슴속에 품고 다음 대 교황에게만 전해주기 전까지 스스로의 기억 속에 봉인한 것이 대단해 보였다.

"알겠습니다. 하지만… 결론적으로 이걸 열어야 할지 열지 말아야 할지 결정하는 건 저라는 말씀이시군요."

"그렇습니다. 죄송스럽지만 저희들이 품고 있던 숙제를 떠넘기게 되는 결과입니다다만 계시를 받은 이상 더 이상 저희의 것이 아닙니다."

교황은 솔직히 역대 교황들의 숙제가 무엇인지 궁금하긴 했는지 목함을 볼 때마다 눈빛이 살짝 흔들렸다. 하지만 과감하게 포기하는 듯했다.

실제로 신의 계시를 직접 받은 교황은 바티칸 역사를 통틀어 손가락에 꼽을 정도로 적었고, 자신이 그런 교황들의 역사

에 포함되었다는 것만으로도 스스로 만족하고 있는 듯했으니 어느 정도 보상은 된 것이다.

스윽~

현중이 더 이상 볼일이 없다는 듯 목함을 들고 일어서자 교황도 따라 일어서면서,

"가시기 전에 한 가지 부탁이 더 있습니다."

"말씀하세요."

현중은 뭐 골치 아픈 것을 넘겨주긴 했지만 어차피 열어도 되고 안 열어도 된다면 우선순위에서 밀리니 크게 부담은 없다는 생각에 교황의 부탁에 흔쾌히 대답했다.

"이걸 잠시 손에 쥐어주시겠습니까?"

교황은 자신의 품에서 자그마한 십자가를 꺼냈다.

금으로 만들어진 것 같은데 그 모양이 투박하고 오랫동안 손을 타 반짝거리는 것이 그 세월을 가늠하기 힘들어 보이는 십자가였다.

하지만 교황이 지니고 있었다면 당연히 뭔가 뜻이 있는 물건일 듯한데, 그걸 선뜻 현중은 별 생각 없이 받아 들었다.

그때,

사아아악!

"⋯⋯!!"

현중이 손바닥 위에 십자가가 놓이자 저절로 현중의 마나

가 움직이기 시작했다. 그것도 너무나 빠르고 폭발적으로 마나가 요동치더니 급기야 외부로 마나가 뿜어져 나오면서 시각적으로 푸른빛이 현중의 몸 전체를 감싸는 듯했다.

"역시나… 메시아시여……!"

갑작스런 현중의 모습에 교황은 그대로 고개를 숙여 엎드리더니 현중을 향해 인사를 했다.

다만 현중은 갑작스런 마나의 움직임에 교황이 어떤 행동을 하는지 신경 쓸 여력이 없었다.

'뭐지, 이건? 갑자기……!'

뭔가 불이 붙어서 폭죽이 터지듯 마나가 폭발적으로 요동치는 것을 가까스로 진정시키자 그제야 현중의 시선에 자신을 향해 엎드려 있는 교황의 모습이 보였다.

그리고 자신의 손에 놓여 있는 낡고 자그마한 십자가를 보았다.

"시험입니까?"

현중이 나직하게 물어보자,

"아닙니다. 신의 계시대로 따랐을 뿐입니다."

"훗, 그렇군요."

현중은 뭔가 앞뒤가 바뀐 것 같은 교황의 행동이 이상했지만 결과적으로 좋게 끝났으니 무시하려 했다.

실제로 교황은 현중의 마나가 폭발적으로 밖으로 뿜어져

나오면서 보인 향기와 모습이 마치 광채가 나는 것으로 보였다.

거기다 현중의 등 부분에서 유독 길게 뻗어져 나온 마나 줄기가 마치 지금이라도 날아오를 듯 펄럭이는 날개를 보는 듯했다.

교황도 약간의 신성력을 가지고 있었다.

당연히 신성력과 같은 성격을 가진 현중의 마나에 닿았으니 당연히 신성력이 동조하는 움직임을 보였다.

교황의 신성력은 정말 작고 그리 큰 힘을 낼 수는 없지만 현중의 마나와 동조되면서 급격하게 신성력이 늘어나 버렸고, 뜻하지 않게 교황의 신성력이 크게 늘어나는 결과를 가져왔다.

상황이 이러니 교황이 현중에게 고개를 숙이는 것은 어쩌면 당연했다.

신성력이란 신의 힘이다. 옛날 예수가 기적을 일으킬 때 신성력을 사용했다고 한다. 그런데 현중에게서 그것과 같은 힘을 느꼈다면 다를 게 없는 것이다.

물론 현중은 한 번도 마나가 자신의 의지를 거스른 적이 없기에 당황해서 서둘러 마나를 갈무리하는 데 집중하느라 교황의 변화를 전혀 눈치채지 못하고 있었다.

"그럼 이만."

현중은 그 길로 몸을 돌려 밖으로 나갔고, 한참 동안 교황은 그 자리에서 현중이 나간 문을 바라보더니,

"…부터 종말이 올 것인지… 아니면 이대로 인간 스스로 종말을 향해 달려갈 것인지 선택은 그의 손에 달렸구나."

한숨이 섞여 있지만 교황의 말에서는 이상하게 희망이란 것을 찾아볼 수 없었다.

어떻게 해도 결국 종말이 온다는 말이었으니 말이다.

* * *

"이상한 걸 받았군."

현중은 그 길로 바로 피트를 데리고 다시 산장으로 돌아왔다. 실제로 현중이 산장을 떠나 있었던 시간은 겨우 한 시간 정도로, 그사이에 뭔가 일이 생기기에는 너무나 짧은 시간이기에 현중은 솔직히 별 걱정 하지 않고 있었다.

거기다 베리얼도 있고 테른도 레이스의 곁에 남겨두고 왔기에 너무나 마음 편하게 다녀왔다.

하지만 마음 편하게 다녀온 것치고는 뭔가 이상한 문제를 떠안았다는 게 영 신경에 거슬린다. 거기다 자신의 마나를 제멋대로 움직인 십자가도 영 마음에 들지 않는다.

—마스터, 그건……?

테른도 현중의 손에 들려 있는 목함보다는 투박하고 보잘 것없이 낡고 작은 십자가에 대해 가장 먼저 물었다.

"몰라. 교황이 주니까 받아오긴 했는데 말이야."

—신성력이군요. 하지만 뭔가 이상합니다.

"이상? 뭐가 말이지?"

현중의 힘은 신성력과 동질의 성격을 가지고 있기에 십자가에서 뭔가 이상한 것을 발견할 수가 없었다.

하지만 테른은 마족이기에 단번에 뭔가 이상하다는 것을 눈치챌 수 있었다.

—신성력의 향기만 진하게 느껴질 뿐 실제로 마스터가 가지고 있는 십자가에서는 신성력을 느낄 수는 없습니다.

"뭔 말이지? 느낄 수 없다니?"

—말 그대로입니다. 빈껍데기라는 표현이 정확할 것 같습니다.

"껍데기? 나 참, 짜증나는군."

결국 현중은 목함과 함께 십자가를 테른에게 넘겨주면서,

"우선 보관해 봐. 나중에 알아봐야지."

라고 말했지만 테른은 뭔가 곤란한 표정을 짓더니,

—마스터, 그건 제가 만질 수 없는 것입니다. 목함에서도 신성력의 기운이 느껴지고 있습니다. 거기다 빈껍데기라고 하지만 결국 그것도 신성력입니다.

"아, 그렇군."

현중은 그동안 웬만한 것은 거의 다 테른에게 맡기던 습관 때문에 지금 이것도 습관적으로 맡기려고 했던 것이다. 차마 신성력의 성질까지는 생각지 못했다.

—죄송합니다, 마스터.

"아니야. 내가 실수했어. 그럼 이건 내가 보관해야겠군."

결국 현중이 가지고 다니는 물건이 생겨 버렸다. 물론 어딘 가에 숨겨놓거나 해도 되지만 왠지 그래서는 안 될 것 같다는 느낌이 든 현중은 결국 귀찮더라도 가지고 다니기로 하고는 테른에게 가방을 하나 받았다.

한쪽 어깨에 메고 다니는 간편한 크기의 가방이었지만 사실 이것도 아티팩트였다.

테른이 자신의 마스터에게 평범한 가방을 줬을 리는 없으니 말이다.

현중이 앞으로 가지고 다니게 될 가방에는 공간 확장 마법부터 중량을 무시하는 마법까지 무려 총 15가지의 마법이 걸려 있었다. 가방에 걸린 마법을 들은 현중이 우스갯소리로,

"이거 박격포도 막겠군."

이라고 말하자 테른은 당연하다는 듯,

—핵폭탄이 터져도 가방 안의 내용물은 멀쩡할 겁니다.

라고 현중의 농담을 진담으로 만들어 버렸다.

물론 가방이기에 가능했다. 거기다 지금 테른의 봉인이 완전히 풀려 있기에 가능한 마법이기도 했다.

사실 아티팩트에 두세 가지의 마법을 중첩시키는 것도 정말 힘든 작업이다.

그런데 무려 열다섯 개의 마법을 중첩시키고 서로 상호 보완되도록 만든 아티팩트라면 보기에는 그냥 가방일지 몰라도 이미 그 가치는 역사에 남을 만큼 엄청난 것이 되어버렸다.

"너무 과한 거 아니냐?"

현중에게 굳이 이 정도 아티팩트는 필요 없었다. 그저 추적 마법과 주인 인식 마법, 그리고 튼튼하게 해주는 몇 가지 마법만 있으면 되는 것이다.

하지만 현중의 말을 들은 테른은 엄지를 치켜세우면서,

─마스터는 최고의 것만 사용하셔야 합니다. 그게 저 테른 프롬발의 주인이라는 증거입니다.

라고 낯간지러운 말을 너무나 태연하게 했다.

"너 설마 아직도 전에 말했던 지상 최고의 남자로 만든다는 욕심 안 버렸냐?"

이미 현중은 지상 최고의 남자였다. 아니, 지상 최고의 생물이었다. 현중이 마음만 먹으면 카일라제가 지구에 나타나지 않더라도 지구에 있는 인류의 숫자를 조절할 수도 있었다.

간단하게 현중이 지구에 인간이 너무 많다고 생각해 지금의 1/3 수준으로 줄이려고 마음만 먹는다면, 거기에 테른의 도움까지 받는다면 며칠이면 충분했다.

그만큼 현중과 테른의 조합은 무시무시한 것이다.

물론 그런 귀찮은 짓을 현중이 할 리는 없었고, 테른도 그런 명령을 현중이 할 리가 없다는 건 너무나 잘 알고 있지만 말이다.

거기다 인류가 줄어들어 버리면 현중을 지상 최고의 남자로 만든다는 테른의 계획에 차질이 생길 수도 있었다.

본래 한 명보다 두 명이, 두 명보다 세 명이 알아주는 게 좋은 법이니 말이다.

─전 언제나 최고를 지향합니다. 물론 그 정점에는 마스터께서 서 계시겠지만 말입니다.

"…쩝."

현중은 그냥 테른 하고 싶은 대로 하도록 내버려 뒀다.

어차피 카일라제와의 일이 끝나고 나면 테른에게도 뭔가 목표가 있어야 따분하지 않을 것이니 말이다. 거기다 제법 수동적이 아닌 능동적으로 움직이는 테른이기에 약간의 안심도 되었다.

지금까지도 수동적이라면 사고 칠 확률이 높지만 능동적으로 스스로 판단해서 움직인다면 아무래도 사고 칠 확률이 줄어들 테니 말이다.

뭐, 지금 현재 지구에 베리얼과 현중을 제외하면 테른의 상대가 될 만한 존재가 없는 것도 현중이 안심하는 이유 중 하나이기도 했다.

—그보다, 마스터.

"응?"

—레이스와 함께 동행할 생각이십니까?

테른은 왠지 현중이 레이스와 함께 움직이는 게 마음에 들지 않는 듯한 말투였다.

하지만 현중은 단호하게,

"함께 움직여야 해."

—물론 레이스가 카일라제가 강림할 육체라는 것을 몰랐으니 그랬던 것은 맞습니다만, 아무래도 레이스와 함께 움직인다면 마스터의 운신의 폭이 줄어들게 됩니다.

"알아."

현중은 테른의 걱정스런 말에 너무나 태연하게 대답했다.

—마스터, 기다릴 작정이십니까?

테른이 현중의 생각을 대충 눈치챈 듯 물어보자,

"반은 맞아. 기다리는 것도 어느 정도 포함되어 있긴 하지. 하지만 말이야, 그냥 내 변덕도 있어."

―마스터, 변덕이시라면… 설마……!

갑자기 테른이 화들짝 놀라면서 현중을 바라보는데,

"너… 눈빛이 왠지 마음에 안 들어."

현중은 놀라면서 몇 발 뒤로 물러나기까지 하는 테른의 행동이 이상하게 기분이 나빠서 한마디 했다. 테른도 순간 실수를 깨달았는지,

―죄송합니다, 마스터. 제가 저도 모르게…….

"아니야. 그보다 갑자기 왜 혼자 놀라고 그래?"

―아닙니다, 마스터.

갑자기 대답을 거부하는 테른의 행동에 현중은 오히려 더욱 집요하게 테른을 바라보면서,

"너, 내가 명령을 해야만 대답할 거냐?"

영혼의 계약으로 맺어진 현중과 테른의 경우 현중이 주인이다. 그리고 주인이 명령을 내리면 그 어떤 것이라도 따라야 하는 게 규칙이다.

설사 그게 테른 스스로 소멸해야 하는 명령일지라도 예외가 아니다. 그만큼 절대적인 것이다.

―알겠습니다.

테른도 현중이 명령이란 말까지 들먹이자 결국 입을 열었다. 사실 현중은 그동안 직접적으로 명령이라고 지칭해서 지시를 내린 적이 거의 없었다.

그냥 이래라 하면 테른이 따랐고, 본래 수동적인 테른이기에 굳이 명령으로 지시하지 않아도 되었던 것이다.

하지만 수동적인 행동에서 능동적으로 바뀌게 되면서 불편한 게 하나 있는데 바로 이런 것이다.

테른이 판단해서 굳이 말하지 않아도 된다고 판단한 경우 말하지 않는 것이다.

뭐, 테른이 현중에게 해가 되는 정보를 숨기거나 할 수는 없으니 그리 큰 문젯거리는 아니지만 귀찮은 것을 싫어하는 현중에게는 문제일 수도 있었다.

명령을 내려야 하니 말이다.

─그게… 마스터의 취향이 로리타인 줄 몰랐기에……. 괜찮습니다. 취향은 누구나 다른 것이라고 생각합니다.

"……?"

현중은 테른의 말에 순간 자신이 잘못 들었나 싶어서 고개를 한번 까딱거리고는,

"너, 뭐라고 했냐?"

─마스터께서 로리타 취향인 줄 몰랐습니다.

씨익~

테른의 말을 들은 현중은 갑자기 씨익 웃더니,

빠악!!

마치 해골이 깨지는 듯한 엄청 둔탁한 소리가 잠깐 산장에

울렸다.

하지만 미리 현중이 마나로 소리가 퍼지지 않게 한 상태라 아무도 들은 이가 없었다.

―마, 마스터, 죄송합니다. 그게… 그래서… 제가 말하지 않으려고 한 것입니다만.

"너 아직 덜 맞았냐? 크크큭, 내가 로리타 취향이라고? 크크크큭, 너 요즘 한동안 안 맞았지? 그치?"

가뜩이나 이것저것 스트레스 받는 게 많은데, 뜻하지 않게 테른이 헛소리를 하면서 그게 엉뚱하게 터져 버린 것이다.

―마스터, 그게… 그냥 취향은 개인마다…….

뻐억!!

다시 현중의 주먹이 허공을 날았고, 테른은 머리가 쪼개지는 고통을 맛보았다.

솔직히 테른도 완전히 봉인이 풀려서 굉장히, 아주 굉장히 강한 존재다. 하지만 그건 마족의 기준에서나 그런 거고 현중 앞에서는 고양이 앞의 쥐일 뿐이었다.

"내가 뭐? 로리타 취향? 아주 매를 벌어라, 벌어!!"

뻐억!! 뻐억!! 뻐억!!

그 후로도 여러 대를 더 맞고 나서야 현중은 호흡을 가다듬고 테른을 보았다.

"너 왜 그런 생각을 한 거야?"

―일찍도 물으십니다, 마스터.

이미 기분이 풀릴 만큼 실컷 패놓고 나서 이제야 물어보는 것에 테른이 슬쩍 투덜거렸지만,

짜악~

현중이 조용히 테른이 보는 앞에 주먹을 움켜쥐자 그런 불만은 쏘옥 들어가 버렸다.

―그게… 마스터 주변에 여자가 많지 않습니까? 한국에도 그렇고, 굳이 멀리 찾지 않아도 지금 바로슈 백작만 해도 인간들의 기준에서 보면 상위 0.1%안에 들어가는 여자라고 생각합니다.

"객관적으로 보면 그렇다 이거지?"

―그렇습니다.

역시나. 현중은 테른이 왜 저런 생각을 했는지 이해가 되긴 했다.

테른은 마족으로 인간의 심리를 책과 정보로 알고 있을 뿐이다. 물론 여러 가지 정보가 있지만 그것만으로 실제로 인간이 느끼는 감정을 표현하기에는 엄청난 무리가 있게 마련이다.

지금까지 현중은 여자에게 관심이 없었다.

아니, 정확하게 말하자면 흥미를 느끼지 않았다. 스스로

가 벽을 쌓아두고 있었다고 해도 틀린 말은 아니었으니 말이다.

하지만 본래 머피의 법칙인지 모르지만 관심이 없을수록 오히려 여자는 몰려든다. 특히나 현중 같은 조건과 외모를 가지고 있다면 객관적으로 봤을 때 여자를 고르면 골랐지 싫어할 리 없는 것이다.

거기다 테른이 봐도 노골적으로 마리아가 현중에게 대시하는 게 뻔히 보였다.

언제나 현중의 그림자에 살고 있는 테른이니 그런 마리아의 행동을 모를 리가 없었다.

그런데 현중은 시종일관 여자 보기를 돌 보듯 한다.

이건 지구에서만 그런 게 아니다. 대륙에서도 수많은 여자들이 현중에게 대시를 했다. 하지만 소 닭 쳐다보듯 하는 현중은 여자에 관심조차 없었다.

가끔 여자를 안는 경우가 있긴 했지만 그건 그냥 남자의 본능이다.

그런데 그 대륙에서 몇 번 안았던 귀족의 영애들이 지금 테른이 로리타 취향으로 오해하는 결정적인 역할을 했으니…….

"너 내가 대륙에 있을 때 잠자리했던 영애들 나이가 지구 나이로 미성년자라서 그렇게 생각했냐?"

뜨끔!

테른은 현중의 정확히 핵심을 찌르는 말에 뜨끔했지만 부정하진 않았다.

─그렇습니다. 지금까지 마스터께서 여자와 잠자리를 한 것은 대륙에서 15세의 성인식을 치른 귀족가의 영애가 전부였습니다.

테른이 엉뚱하다고 해야 할지, 아니면 바보 같다고 해야 할지 가끔 맹한 구석을 보여주기는 했지만 이번처럼 황당한 생각을 하고 있을 줄은 현중 본인도 전혀 모르고 있었다.

사실 테른은 처음에는 현중이 마스터이기에 명령에만 따르고 움직였기에 현중의 취향이나 여성관에 대해서 관심을 가질 이유가 없었다. 자신은 그저 명령에 따르는 손발 같은 존재라는 각인이 강했으니 말이다.

하지만 현중이 너무 수동적인 테른이 조금은 안타깝고 이제 지구에 넘어온 이상 스스로 뭔가 삶의 재미라도 찾으라는 뜻으로 능동적으로 성격을 바꾸도록 유도하면서 이런 일이 생긴 것이다.

엉뚱하게도 현중을 지상 최고의 남자로 만들겠다는 목표를 세워 버렸고, 그러다 보니 현중의 모든 것을 알아야 했기에 테른은 조용히 현중도 모르게 현중의 정보를 파악해서 모든 것을 계획하던 중에 지금과 같은 일이 벌어졌다.

결국 이런 사달을 만든 것도 원인을 따지고 보면 현중 본인인 것이다.

그냥 수동적인 테른의 성격을 그대로 놔뒀다면 이런 일도 없었을 테니 말이다.

"내가 싫으니 죽지. 쩝."

결국 현중이 한숨과 함께 고개를 돌려 버리자,

—마스터, 로리타 취향이 아니셨습니까?

짜악~

현중의 말없는 주먹을 본 테른은 조용히 입을 다물었다.

"내가 미쳤냐? 아직 아무것도 모르는 어린애를 상대로 연애를 하게?"

—마스터의 나이를 생각하면… 어차피 모든 인간이 다 어린애입니다.

그래도 끝까지 말대꾸하는 테른의 모습에 현중이 다시 조용히 주먹을 들어 보이자,

—…….

다시 조용히 입을 다물어 버렸다.

"테른 넌 인간의 수명이 얼마나 된다고 생각하지?"

—장수를 누려도 130세를 넘기기 힘들다고 생각합니다.

"그렇지. 길어봐야… 130세겠지. 그것도 쭈그렁 할머니나 할아버지가 되어서 말이지. 하지만 난 어떻지?"

—…죄송합니다, 마스터.

테른은 현중의 말을 듣고서야 현중이 왜 여자를 돌같이 보았는지 이해할 수 있었다.

어차피 마족인 테른에게 인간의 수명 따위는 애초에 관심거리도 아니었고, 현중에게 포커스가 맞춰지다 보니 테른도 멍청하게 인간의 평균 수명을 깜빡한 것이다.

그리고 마족에게는 사랑이라는 단어가 없었다. 즉, 필요에 의해 맺어지고 헤어지는 것이 대부분이었기에 모르는 것이다.

하지만 현중은 인간이다. 그리고 인간은 사랑을 하고, 사랑을 하게 되면 그만큼 헤어지는 것을 두려워한다고 알고 있다.

테른도 자신이 왜 이런 단순한 것을 잊었는지 스스로를 자책했지만 이미 엎질러진 물이었다.

"테른."

—네, 마스터.

"널 탓하진 않는다. 솔직히 나도 내가 인간인지 의심스러우니까 말이야."

—…마스터.

테른은 현중의 나직한 말에 처음으로 현중의 속마음을 듣는 듯했다.

"그리고 말이야, 난 이번 카일라제와의 싸움에서 지면…

뭐 너도 알다시피 너와 나 둘 다 소멸할 테지. 그렇지?"

자신이 죽는다는 말을 아무렇지도 않게 하는 현중의 목소리는 오히려 편안했다. 그리고 그런 현중의 말에 대답하는 테른도,

―알고 있습니다. 오히려 전 영광입니다. 마스터를 만나게 된 것이 말입니다. 그 끝이 소멸이라 할지라도 전 마스터의 곁에 있을 겁니다.

"후후훗, 뭐, 고맙다. 그래도 가는 길 외롭진 않을 테니 말이야. 하지만 만약에 내가 카일라제를 두들겨 패서 쫓아낸다면……."

조용히 말끝을 흘리더니 현중은 입을 다물었고, 테른도 조용히 기다렸다.

그렇게 몇 분이 흘렀을까, 현중이 다시 입을 열었다.

"난 어디로 가야 할까?"

―이곳이 마스터의 고향입니다.

"고향? 맞아. 고향이지. 하지만 난 신이 될 생각도 없고, 누군가를 다스리거나 지배하는 건 도저히 성격에 맞질 않아. 그럴 생각이면 애초에 대륙에서 지구로 넘어오지도 않았을 거다. 그리고 카일라제와 일전을 벌이게 되면 모든 인간이 내 존재를 알게 되겠지. 안 그래?"

당연했다. 카일라제는 신이다. 그런 신과 싸움을 벌이는

게 결코 가볍지 않을 것이다. 어쩌면 현중과 카일라제의 싸움으로 지구에 있는 대륙의 지도가 바뀔지도 몰랐다.

아니, 틀림없이 지구의 지도가 바뀔 것이다. 냉정하게 생각해 봐도 카일라제나 현중의 힘이 살짝만 빗나가도 그걸 맞이하는 지구는 웬만한 핵폭탄은 우습게 여길 정도의 파괴력을 얻어맞는 것이나 다름없으니 말이다.

테른도 어렴풋이 알고 있었다.

지금 현중의 힘은 최대한 갈무리되어 있다는 것을 말이다. 대륙에서 마족을 상대할 때도 엄청났지만 1년 동안 사라졌다 다시 나타난 현중은 오히려 더욱 강해졌고 반대로 힘은 밖으로 표현되지 않게 되었다.

그 말은 완전히 힘을 자기의 것을 만드는 데 성공했다는 말이다.

물론 치우천황무를 자기 것으로 만들지 못했다고 들었다. 하지만 그에 못지않은 힘을 얻은 것만은 확실했다.

신으로 발돋움할 수 있는 무공, 그리고 신을 상대할 수 있는 무공에 버금가는 힘을 얻었다면 현중이 마음먹기에 따라 지구에서 웬만한 대륙 하나 지우는 것도 그리 어렵지 않을 테니 말이다.

"싸움이 끝난 뒤에 인간들이 날 받아줄 것 같아?"

─……!

테른은 현중의 질문에 대답하지 못했다. 아니, 할 수가 없었다.

인간은 자신과 다른 것에 공포를 느끼는 동물이다. 그건 인간이 상상력을 가진 동물이기에 어쩌면 가지는 숙명일지도 몰랐다.

간단하게 말해서 동물들은 폐가나 어두운 동굴에서 공포를 느끼지 않는다. 왜냐하면 그들에게는 그냥 그게 동굴이고 버려진 집이기 때문이다.

하지만 인간은 폐가를 보고 공포를 느끼고 어두운 동굴을 보고 공포를 느낀다. 심하면 공포에 사로잡혀 스스로 죽음을 길을 택하기도 하는 동물이 바로 인간이다.

즉, 인간에게 상상력은 양날의 검이었다.

상상력을 사용하기에 지금까지 인간의 문명은 끝없이 발전했다. 하지만 그와 반대로 인간은 상상력으로 공포를 만들어내기도 했다.

그런데 실제로 현중과 카일라제와의 싸움을 목격하고 겪은 인간들이 현중을 인간으로 볼까? 테른은 그 질문에 100% 아니라고 대답할 것이다.

그들은 두려워할 것이다. 신에 버금가는 존재가 있고, 그 존재가 자신들과 같은 시대에 살아간다는 것에 대해 말이다.

어쩌면 현중은 카일라제와의 싸움이 끝난 다음 오히려 인간을 상대로 지겨운 전쟁을 해야 할지도 몰랐다.

하지만 현중은 인간을 상대로 전쟁을 할 마음이 없었다. 그럴 마음이 있었다면 애초에 카일라제와 싸우지도 않았을 테니 말이다.

"테른."

─네, 마스터.

"만약에 말이야, 카일라제를 쫓아내면 우리 다시 대륙으로 돌아갈까?"

─마스터.

현중은 지금 스스로 지구를 떠날 계획까지 하고 있는 것이다. 뻔히 보이는 전쟁을 피하기 위해서 말이다.

테른은 왠지 화가 났다.

─마스터, 차라리 인간을 굴복시켜 버리십시오.

테른은 자신의 마스터가 왜 쫓기듯 대륙으로 다시 돌아갈 것까지 생각해야 되는지 이해하기 싫었다.

"훗, 그다음에는?"

─마스터께서 귀찮으시다면 제가 인간을 조율하겠습니다. 그래도 안 된다면 인간의 숫자를 줄이면 됩니다.

테른은 강하게 현중에게 말했지만 현중은 테른을 바라보면서 나직하게 말했다.

"그럼 카일라제와 내가 다를 게 뭐지?"

—그건…….

테른은 결국 입을 다물어 버렸다.

결국 현중은 자신이 싫어하는 카일라제와 같은 녀석이 되기 싫기에 싸움이 끝나면 대륙으로 돌아갈 것까지 이미 머릿속에 그려놓고 있는 것이다.

—마스터.

"응."

—설마 대동그룹을 그렇게 넘겨 버린 것도 그 때문입니까?

지금도 한국에서는 현중을 미친놈 VS 배포가 큰 남자라는 타이틀로 여러 말이 오가는 중이었다.

거기다 월급 사장이지만 경영권을 넘겨준 뒤로는 일체 간섭은커녕 회사에 모습을 드러내지도 않고 있으니 항간에는 현중이 중병에 걸려 죽었다는 루머까지 떠돌았다.

뭐 지금이야 현중이 죽었다는 루머에 대동그룹이 흔들릴 정도로 약하지 않았고, 오히려 그런 루머를 무시하듯 승승장구하는 중이다.

즉, 황금알을 낳는 거위인 것이다.

"그건 귀찮아서 그랬고, 움직이는 데 방해가 되니까."

말은 그렇게 하지만 테른은 느낄 수 있었다. 현중은 카일라제가 지구를 노린다는 것을 알고 나서부터 이미 그 후의 상황까지 머릿속에 그려놓았다는 것을 말이다.

짜악!!

테른은 자신도 모르게 주먹을 꽉 쥐고는 부르르 떨었다.

어째서 자신의 마스터가 지구를 떠나야 한단 말인가? 대륙
에서 현중은 영웅이고 황제였다. 강한 힘으로 인류를 구원한
모두의 구원자였다. 그런데 운명의 장난인지 지구에서도 현
중은 그런 운명에 놓여 있는 것이다.

하지만 그 결과는 너무나 달랐다.

대륙에서는 현중을 어떻게든 붙잡으려고 했지만 현중 스
스로가 대륙을 떠났고 지구에서는 현중 스스로가 싸우기 싫
어서 지구를 떠나려고 하는 것이다.

떠나는 것은 같지만 고향이 그리워 떠난 대륙과 어쩔 수 없
이 지구를 떠나는 것은 너무나 다르다.

"분하냐?"

현중은 테른에게 조용히 한마디 하자,

─분합니다. 마스터는… 마스터는…….

"분해하지 마라. 어차피 대륙에서 치우천황무를 익힐 때부
터 평범한 삶을 난 스스로 버렸으니까. 그리고 이런 나를 따
라다닐 여자는 애초에 없었어."

─마스터…….

때론 너무 강한 게, 너무나도 강한 것이 자신을 향해 돌

아오는 아픔이 될 수 있다는 것을 테른은 처음 깨닫게 되었다.

마족으로 태어나서 강한 것이 오직 목표였고 강하게 태어나거나 강해지는 것이 모든 것이던 테른에게 지금 현중의 상황은 너무나 말도 안 되는 상황이었다. 하지만 말이 안 된다고 해도 그것 또한 거부할 수 없는 현실인 것이다.

씨익~

현중은 테른의 굳은 표정을 보면서 입가에 미소를 띠면서,

"정 안 되면 늘씬하고 쭉쭉 빠진 마족 하나 꼬셔도 되지 않겠어? 마족은 수명이 길잖아? 안 그래?"

─마스터, 그때는 제가 직접 납치해서라도 마계 최고의 미녀 마족을 데리고 오겠습니다.

"크크큭, 멍청한 놈."

현중은 테른의 말에 그냥 가볍게 농을 건넸고, 테른도 그런 현중의 모습에 씨익 웃었다.

그리고 테른은 오늘 처음으로 자신의 마스터인 현중이 어떤 사람인지 진심으로 느끼게 되었다.

그저 영혼의 계약으로 맺어진 것이 아니라, 인간과 마족 사이를 떠나 남자와 남자로서 뭔가 느끼게 되는 계기가 된 것이다.

테른은 양 주먹을 불끈 쥐었다. 마치 무엇을 다짐하듯 말이다.

물론 그게 어떤 다짐인지는 테른 본인만이 알 것이다.

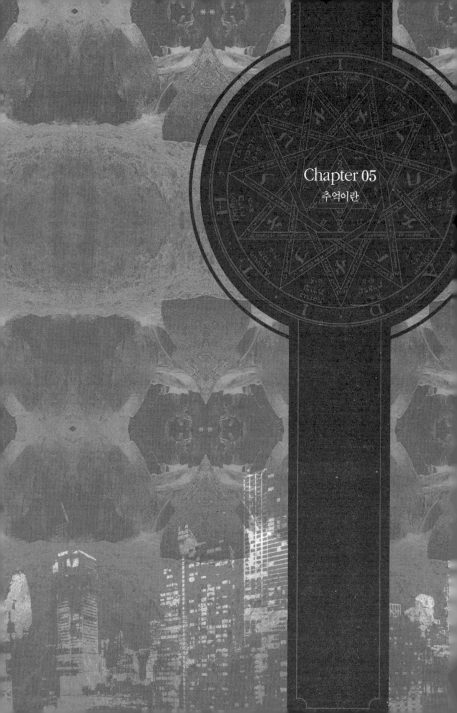

Chapter 05
추억이란

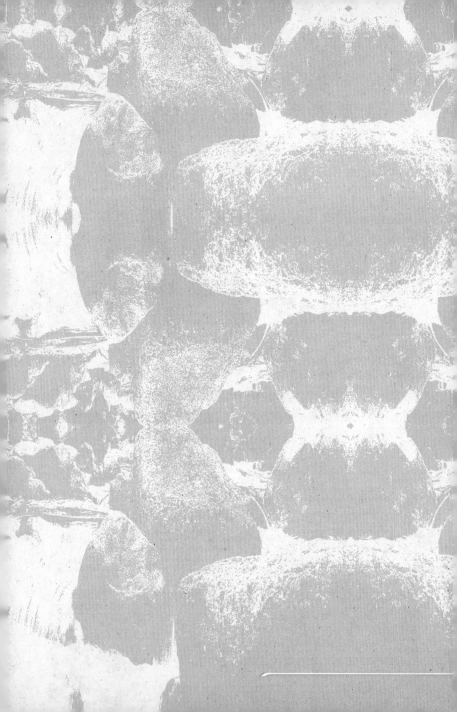

THE RECORD OF RETURNER
현중귀환록

"그래서 지금 현중 씨가 레이스를 데려가시겠다는 건가
요?"

"네."

간밤에 소동이 좀 있긴 했지만 잘 자고 일어난 마리아는 아
침 식사를 하는 식탁에서 현중의 말에 할 말을 잃어버렸다.
거기다,

"그건 안 됩니다."

현중의 예상대로 피트도 강력하게 거부하고 나선 것이다.
하지만 이미 그런 반대는 예상한 듯 현중은 여유 있는 표정

으로,

"어제 같은 일이 다시 벌어지면… 막을 자신들은 있는가?"

"…우리가 목숨을 걸고 막으면… 됩니다."

자신없는 말투다. 하지만 현중은 오히려 눈빛이 날카롭게 변하면서,

"목숨을 걸고… 라……. 그럼 그렇게 막다 너희들이 죽고 나면? 그 뒤는 누가 레이스를 보호하지?"

현중의 말에 피트는 1초의 망설임도 없이,

"그건 아시지 않습니까?"

현중에게 맡긴다는 것이다.

"거봐. 결국은 내가 보호해야 되잖아. 그럼 아예 내가 데리고 있으면 되지 않겠어?"

거의 10년 동안 자신들이 보호했기에 현중의 돌발 선언에 발끈해서 대들긴 했지만 역시나 피트는 더 이상 아무 말도 할 수 없었다.

솔직히 어제 같은 경우가 다시 발생한다면 솔직히 지금 자신들이 또다시 막아낼 수 없음을 스스로가 잘 알고 있으니 말이다.

사실 저번 좀비 떼의 공격도 한계까지 내몰렸을 때 현중이 나타나서 구해주었다.

"전 반대예요."

하지만 마리아는 여전히 반대했다.

"마리아 씨, 현재 지구상에 가장 강한 사람이 누구죠?"

뜬금없는 질문에 마리아는 뭔가 꺼림칙한 표정이었지만 대답했다.

"그야 현중 씨죠."

"그럼 여기 산장에서 계속 보호하는 게 안전할까요, 아니면 제가 데리고 있는 게 안전할까요?"

현중은 질문을 하면서 씨익 웃었는데 마리아는 오히려,

"현중 씨가 이곳에서 레이스와 같이 있는 게 가장 안전하다고 전 생각해요."

지극히 마리아 개인적인 생각이었다. 그리고 현중은 이곳 산장에 계속 머물러 있을 수가 없었다. 벌려 놓은 일이 워낙 많아서 말이다.

"그건 제가 안 됩니다."

"그럼 저도 안 돼요!"

마리아는 이상하게 고집을 피우면서 끝까지 현중에게 반기를 들었고, 그것 때문에 하루의 시작이라는 아침 식사 자리가 논쟁의 토론장으로 변해 버렸다.

그런데 그런 토론을 단번에 종식시킨 사람이 있었으니,

"나 현중 따라갈래."

"레이스!"

마리아는 레이스의 단 한마디에 더 이상 고집을 부릴 수가 없게 되었다.

레이스가 미래를 보는 아이라는 것은 마리아도 잘 알고 있었다. 그럼 레이스가 현중을 따라가겠다고 결정했다면 뭔가 미래를 봤다는 결론밖에 생각할 수가 없었다.

하지만 현중은 어디로 튈지 모르는 사람이다.

물론 현중을 그런 변태 남자로 보는 게 아니라 위험을 스스로 찾아다니는 것이다.

거기다 최근에 마리아도 알게 현중에 대한 사실과 어제 같은 경우만 하나만으로도 현중은 세상에서 가장 위험한 사람이기도 했다.

그런 곳에 이제 겨우 어린 티를 벗어가고 있는 레이스를 맡긴다는 것은 도저히 용납할 수가 없었다.

하지만 세상일이 그리 욕심대로 되는 법이 없다.

"현중."

"응?"

"나 놀이공원 가고 싶어."

"뭐, 가면 되지."

"그럼 커다란 바다에서 고래도 잡고 싶어."

지극히 어린애다운 발상이다. 하지만 문제라면 그 모든 것을 너무나 간단하게 이뤄줄 수 있는 사람이 바로 현중이라는 것이다.

"뭐, 고래 몇 마리나?"

"음, 이만큼."

라고 말하며 손가락 다섯 개를 펴 보이는 모습에 현중은 가볍게 고개를 끄덕였다.

"종류별로 잡지, 뭐."

너무나 태연했다.

"현중 씨!!"

하지만 이런 레이스와 현중의 대화가 결코 반갑지 않은 사람이 있으니 바로 마리아였다.

이대로라면 꼼짝없이 레이스가 현중과 같이 위험 속에 노출될 것이 뻔히 보인다.

뭐랄까, 마리아는 어릴 때부터 레이스를 봐왔고, 자신의 스승인 베이스퍼의 하나뿐인 손녀인 것도 있기에 이상하게 사명감 같은 것도 있었다.

"베이스퍼 스승님께서 허락하지 않을 거예요."

마리아는 결국 최후의 한 수를 던졌다.

그런데 마리아가 던진 최후의 한 수는 엉뚱하게도 현중이 아니라 레이스가 막아버렸다.

"할아버지가 현중이랑 같이 다니래."

"…뭐?!"

결국 최후의 한 수까지 막혀 버린 마리아는 급기야 자리에서 벌떡 일어났다. 때문에 의자가 뒤로 넘어가고 포크가 땅에 떨어지는 실수까지 했지만 지금 귀족으로서의 그런 체면이 문제가 아니었다.

"왜? 마야는 내가 현중이랑 있는 거 싫어?"

"레이스, 그게 아니야. 위험하기 때문이야."

"피, 그게 아닌 것 같은데? 할아버지도 괜찮다고 했는데 왜 마야는 내가 현중이랑 있는 게 싫은 거야?"

천진하게 물어보는 모습에 순간 말문이 막혀 버린 마리아는 엉겁결에,

"레이스, 넌 아직 어려. 그리고 여자잖아. 여자는 그런 위험한 데 가면 안 돼."

누가 들으면 정말 현중이 총알이 빗발치는 전쟁터를 골라 다니는 용병으로 오해라도 할 것처럼 말했다.

하지만 지금 마리아는 레이스의 마음을 돌리는 게 급했기에 생각나는 대로 말한 것이었다.

그런 마리아를 빤히 바라보던 레이스는 씨익 웃더니,

"마야, 현중 좋아하는구나?"

"……"

순간 마리아는 입을 다물어 버렸고, 급기야,

딸꾹~!

놀랐는지 딸꾹질까지 시작했다.

"그게… 아니… 딸꾹… 레이스… 그게 아니… 딸꾹!"

겨우 어린애한테 자신의 속마음이 들킨 것에 놀랐는지 마리아는 엄청 당황해 딸꾹질을 하면서도 뭔가 애써 변명하려고 했다. 하지만 그럴수록 레이스는 웃으면서,

"뭐 어때? 나도 현중 좋아. 마야도 현중 좋아해. 둘 다 좋아하면 안 돼?"

레이스에게 남녀 간의 사랑이라는 개념 자체가 없었다.

인간은 서로 어울리면서 사회성을 배운다고 했다. 아주 어릴 때부터 유치원을 다니면서 생판 모르는 남과 부대끼며 사회성을 배우고 집에서도 형제와 부모에게서 사회성을 배운다.

하지만 레이스는 미래를 보는 능력 때문에 그 모든 것을 버려야만 했다.

레이스에게 평균적인 인간의 사회성이란 아직 배우지 못한 하나의 숙제와도 같았다.

딸꾹~

레이스의 말에 마리아는 결국 입을 다물고 그치지 않는 딸꾹질만 계속하다가 조용히 자리에서 벗어나 자신의 방으로 들어가 버렸다.

"저도 이만……."

피트도 슬쩍 눈치를 보더니 일어나 가버리자 다들 기다렸다는 듯 서둘러 식탁에서 사라져 버렸고, 결국 현중과 레이스만 남았다.

"이런, 레이스도 알고 있었구나."

현중은 오히려 레이스가 마리아의 마음을 알고 있다는 것에 별말 하지 않았다.

"응. 보였어."

"응? 뭐가?"

"현중과 마야가 뽀뽀하는 미래가."

"……!!"

레이스의 천진한 말에 이번에는 현중이 순간 할 말을 잃어버렸다.

"……."

"왜? 그거 나쁜 거야? 이상하다. 할아버지가 서로 좋아하는 사람들끼리 하는 게 뽀뽀라고 했는데."

순간 놀라서 말을 잃은 현중의 모습에 레이스는 자신이 뭔가 잘못했다고 생각한 것이다.

아직 어린애인 레이스가 놀라는 듯하자 현중은 그냥 애써 태연하게 다시 웃으면서,

"그게 레이스에게 보였어?"

"응. 오래~ 아주 오래~ 했어. 마야와 현중이 서로 부둥켜

안고 말이야."

"……."

순간 현중은 레이스를 자신이 데리고 다녀야 하는지에 대해서 다시 한 번 생각했다.

하지만 레이스는 현중이 생각할 시간을 주지 않으려는 듯 현중의 얼굴을 물끄러미 바라보더니,

"현중은 나 좋아?"

순간 현중은 레이스의 물음에 싫다고 말할 수가 없었다.

"응, 좋아."

"현중, 그럼 나랑도 뽀뽀하자."

그러면서 현중의 품으로 슬그머니 파고드는 것이다. 하지만 현중은 그보다 빠르면서도 자연스럽게 레이스의 이마를 손가락으로 살짝 콕 찍으면서,

"레이스는 아직 어려."

"칫, 나도 뽀뽀가 뭔지 아는데……."

어린애 취급하는 현중의 모습에 레이스가 투덜거리자 대신 현중은 레이스를 가볍게 가슴으로 끌어당기면서 안아줬다.

톡~ 톡~ 톡~

레이스를 안고서 현중은 손바닥으로 가볍게 레이스의 등을 두드리면서,

"레이스는 나랑 다니면서 재미있고 신기한 것을 많이 볼 텐데, 괜찮아?"

아마 일반적인 상식을 가진 사람이라면 하루에도 열두 번은 기절할 일이 기본으로 생길 것이다. 하지만 오히려 레이스는 웃으면서,

"괜찮아. 할아버지도 현중의 곁에 있으면 세상에서 가장 안전하다고 했어. 그리고 할아버지도 곧 같이 놀러 온대."

"그래, 후후훗, 그래. 그럼 베이스퍼가 오기 전까지 정말 신나게 놀아야겠네. 나중에 못하게 하는 것도 있을 수 있으니까 말이야."

"응!"

크게 고개를 끄덕이는 천진한 레이스의 모습에 현중은 미안하면서도 한편으로는 안타까웠다. 이런 어린애 몸에 카일라제가 들어가야 한다니 말이다.

가능하면 카일라제가 강림하지 않는 방법이라도 찾고 싶지만 사실상 그건 불가능에 가까우니 현중도 거의 포기한 상태였다.

현재 현중은 인간이고 상대는 신의 위치에 있는 존재이니 그만큼 차이가 심하게 나는 것이다.

힘이 아무리 강해도 결국 신의 레벨에 오른 존재는 그만큼 권한도 많고 능력도 많은 법이다. 무조건 강하다고 해서 신으

로 불리는 건 아니니 말이다.

부스럭.

현중이 가만히 레이스를 안고 있자 레이스는 답답한지 현중의 품에서 벗어났다.

레이스는 현중을 가만히 바라보다가 자그마한 자신의 손을 현중의 머리에 올려 쓰다듬었다.

"현중, 괜찮아."

"……!"

순간 현중이 놀라서 레이스를 바라보자,

"괜찮을 거야."

"……."

현중은 순간 레이스의 괜찮다는 말을 다른 뜻으로 생각했다. 하지만 레이스가 계속 괜찮다고 하면서 현중의 머리를 쓰다듬고 있는 모습에 그냥 실소를 터뜨렸다.

"훗, 내가 어린애 앞에 두고 무슨 생각을……."

순간이지만 레이스가 자신의 운명을 모두 다 알고, 앞으로 어떤 일이 일어날지 다 알고 있을 것 같다는 느낌을 받은 것이다.

하지만 천진한 레이스의 눈동자는 현중이 슬퍼 보이기에 괜찮다고 하는 걸로만 보였다.

지금 현중이 보기에는 말이다.

벌떡~!

현중은 머릿속에 쓸데없는 잡생각을 모두 비워 버리고는 일어서서 레이스의 손을 잡았다.

"갈까?"

"응! 가자, 가자!"

신이 난 듯 발까지 동동 구르는 레이스의 모습에 현중은 피식 웃으면서 움직이려고 했는데, 그때 방문이 활짝 열렸다.

"잠옷 차림의 어린애를 데리고 나갈 셈인가요?"

손에 레이스가 달린 외출복으로 보이는 옷을 들고 나온 마리아가 모습을 나타냈다.

여전히 얼굴 표정은 못마땅한 듯했지만 정황상 뭐 어떻게 할 수 없기에 억지로 납득한 듯했다.

현중도 마리아의 말을 듣고서야 레이스의 모습을 보니 편해 보이는 바지에 헐렁한 티셔츠를 입고 있다.

"그거 잠옷이니?"

"응. 엄청 잠이 잘 와."

엄지손가락까지 치켜세우면서 좋아하는 모습에,

"그럼 그것도 챙기자. 잘 때 입을 옷도 필요하니까."

"응."

하지만 레이스의 대답이 끝나는 것과 동시에 마리아가 레이스를 낚아채더니 현중을 한번 째려보듯 바라보다가 한숨을 쉬었다.

"우선 필요한 것 챙겨서 나올게요."

그 말과 함께 찬바람이 쌩쌩 부는 모습으로 2층에 있는 레이스의 방으로 올라가 버렸다.

어린애이긴 하지만 여자애라서 은근히 옷이나 챙길 짐이 많을 것으로 예상한 현중은 다시 식탁으로 가서는 먹다 만 아침 식사를 마저 했다.

마치 아무 일 없었다는 듯이 말이다.

"이게 전부예요."

"……?"

현중은 마리아가 내민 작은 가방을 받아 들었는데, 일반 여자들이 패션용으로 메고 다닐 법한 아주 작은 가방이었다.

사실 현중도 커다란 캐리어백을 예상한 건 아니지만 그래도 여자애인데 어느 정도 옷가지가 있을 것으로 생각했다.

그런데 그런 예상을 가볍게 깨버린 것이다.

"옷이 생각보다 몇 벌 안 되죠?"

"그러네요."

"어쩔 수 없어요. 마리아는 밖으로 나갈 수 있는 기회가 적기 때문에 시간이 지나면서 자주 입는 옷과 편한 옷으로 분류가 되었어요. 거기다 이곳 산장에 온 뒤로 그 종류도 더욱 줄어들어서 잠옷과 간단한 외출복이 전부예요."

한마디로 단 두 벌이란 말이다. 물론 레이스 본인은 옷에 대한 자각이 전혀 없어 보이지만 아무리 무딘 성격의 현중이 봐도 이건 좀 아니었다.

"그렇게 보지 말아요. 우리도 싫어서 옷 사주지 않은 게 아니에요. 레이스가 입질 않으니 분류하다가 이렇게 된 거에요."

턱!

마리아는 현중에게 작은 가방을 내밀면서,

"부족하면 현중 씨가 알아서 하세요."

단단히 심통이 난 것이 분명했다. 마리아가 현중에게 이렇게까지 쌀쌀하게 대한 것은 처음 만났을 때 빼고는 아마 처음일 것이다.

하지만 반대로 그만큼 마리아가 레이스를 아낀다는 말도 되었다. 생각보다 진심으로 레이스를 아끼고 사랑하는 사람들이 주변에 있다는 것을 알게 되었다.

"하지만 기다려요. 저도 조만간에 지금의 업무를 넘기고 현중 씨를 따라갈 테니까요."

역시나 이대로 순순히 물러날 마리아가 아닐 것이라고 생각한 현중은 마리아의 귀여운 협박에 웃으면서,

"저를 찾을 수 있다면 말이죠. 후후훗."

"어머, 잊었어요? 전 MI—6 보스예요. 제가 마음먹고 찾으려고 하면 지구에 살고 있는 한 시체가 되어도 찾을 수 있어요. 흥!"

그리곤 다시 자기 방으로 쌩하니 들어가 버렸다.

마침 자신의 방에서 토끼 인형을 들고 내려오던 레이스가 마리아의 모습을 보았는지 현중에게 다가왔다.

"이상하다. 분명히 마야는 현중을 좋아하는데……."

지금 마리아의 모습이나 태도는 결코 좋아하는 사람에게 하는 행동이 아니라고 레이스는 생각한 것이다.

그리고 자신이 본 미래의 모습과 지금의 마리아의 행동이 완전 반대되니 어린 레이스는 헷갈리기 시작했다.

사회성을 전혀 키우지 못한 레이스에게 바로 여기에서 문제가 생긴 것이다. 이런 경우를 거의 보지 못했으니 어떻게 생각해야 되는지, 판단해야 되는지 전혀 모르고 있었다.

그저 자신이 본 미래의 모습이 지금껏 옳고 맞았기에 오히려 더 헷갈려 하고 있었다. 현중도 그런 레이스의 모습을 눈치챘는지,

"그냥 심통 난 거란다. 레이스와 단둘이서 놀러 가니까 말이야."

"아, 그렇구나!"

현중의 말에 그제야 마리아가 삐쳤다는 것을 알게 된 레이

스는 씨익 웃으면서 단단히 닫힌 마리아의 문 앞으로 다가가
더니,

"마야~ 나 현중이랑 잼나게 놀러 간다~ 히히힛, 약 오르
지?"

오히려 천진하게 마리아를 약 올리기까지 했다.

그리고는 황급히 현중의 곁으로 오더니 다리 뒤에 숨어서
얼굴만 내밀고는 잠시 마리아의 방문을 쳐다보다가 아무런
반응이 없자,

"쳇, 많이 삐쳤나 보네."

레이스 자신도 뭔가 마음에 들지 않거나 서운할 때 종종 마
리아와 같은 행동을 했기에 알고 있다.

거기다 그냥 재미있을 거라는 생각에 약 올리기까지 한 것
이다.

"자, 그만하고 가자. 마리아 씨는 일이 끝나는 대로 온다고
했으니까 그때 화 풀어주면 되지 않겠니?"

"응!"

역시 어린애는 어린애였다.

현중의 말에 한순간 표정을 바꾸고 활짝 웃는 레이스의 머
릿속에 마리아에 대한 생각은 완전히 사라진 듯했다.

하지만 그렇게 출발하려고 하는 현중의 발목을 붙잡는 것
이 있었으니,

―마스터.

'응?

―러시아 쪽 상황이 아무래도 심상치 않습니다.

'심상치 않다니?

―패밀리어를 통해 본 영상입니다만 오리하르콘이 사라져 버렸습니다.

'......!!'

현중은 말도 안 되는 소리를 들은 듯 잠시 멈칫거리다가 잠시 레이스를 보더니,

"아무래도 잠시 볼일 좀 보고 가야겠다."

"…응, 알았어."

물끄러미 현중을 바라보던 레이스가 뭔가 알고 있다는 듯 고개를 끄덕이며 흔쾌히 현중의 손을 놓더니 한 발짝 뒤로 물러섰다.

이럴 때 보면 정말 어른 같아 보인다. 물론 이것도 다 미래를 보는 능력 때문이겠지만 현중은 군이 무엇을 보았는지 레이스에게 묻지 않았다.

현중에게 레이스는 그저 어린애일 뿐이고, 현중의 시선은 언제나 레이스를 특별하게 보지 않고 있었으니 말이다.

그리고 곧바로 산장을 벗어난 현중은 사라져 버렸다.

"난리도 아니군."

현중이 러시아 아르카임 스톤헨지에 도착했을 때는 생각보다 상황이 심각했다.

미군과 러시아군이 서로 대치하면서 지금이라도 누군가 실수로 총을 한 발이라도 발사하는 순간 전면전이 벌어져도 전혀 이상하지 않을 상황이었으니 말이다.

"테른."

─네, 마스터.

현중의 물음에 테른이 현중의 그림자에서 나타나며 고개를 숙여 인사했다. 하지만 지금 테른의 인사에 신경 쓸 여력이 없는 현중이다.

"어떻게 된 거지?"

─사라졌습니다.

"감쪽같이?"

현중은 믿을 수 없다는 듯 말했다.

얼핏 조사한 바로는 발굴된 오리하르콘의 크기는 100미터에 이르는 엄청난 크기의 동상이었다.

거기다 오리하르콘은 경도가 다이아몬드보다 높다. 그 말은 같은 크기의 부피를 가진 금속 중에서 가장 무겁다는 말이다.

다이아몬드보다 경도가 높으니 그 무게는 실제로 발굴을 다 해서 재어보지 않는 이상 상상조차 하기 힘들다.

그런데 그런 오리하르콘이 사라져 버렸다는 것이다.

"정확히 사라진 시간은?"

현중이 지금 서로 임시 진지를 구축해서 1km를 사이에 두고 대치하고 있는 미군과 러시아군을 보면서 말하자,

ㅡ24시간 감시에서 사이언톨로지를 감시하는 곳에 집중하기 위해 이곳은 1시간 단위로 변경했습니다. 그런데 사라진 것을 확인한 것은 1시간 전입니다.

사라진 걸 확인한 게 한 시간 전이라면 이미 그전에 사라졌을 수도 있다는 뜻이다.

"멀리서 전체적인 감시만 했단 말이군."

현중이 단번에 테른이 무슨 실수를 했는지 간파하고 한마디 하자,

ㅡ죄송합니다.

하지만 테른의 실수라고만 할 수도 없었다.

높이 100미터가 넘고 무게는 추정조차 불가능한 엄청난 오리하르콘으로 만들어진 포세이돈 동상을 훔쳐 간다는 게 솔직히 가능하기나 하단 말인가?

거기다 러시아군과 미군이 서로 눈에 불을 켜고 감시하고

있을 텐데 말이다.

"흔적은 없는 거냐?"

─감쪽같이 사라졌습니다.

"쳇."

현중은 테른의 말에 가볍게 혀를 찼다.

그리고 생각과 달리 상황이 최악으로 변하고 있다는 것은 굳이 어렵게 생각하지 않아도 충분했다.

당장 미군과 러시아군이 서로 대치하고 있는 것만 봐도 말이다. 분명히 서로 빼돌렸다고 생각하면서 헐뜯고 있을 것이다.

솔직히 객관적으로 생각해도 말이 되지 않는 것이지만 말이다.

그 큰 걸 어떻게 옮긴단 말인가? 거기다 현재 오리하르콘을 가공하는 기술조차 전무한 지구다.

대륙에서도 마법의 힘과 드워프의 능력을 합쳐야만 겨우 1년에 하나 만들까 말까 한 것이 바로 오리하르콘으로 가공한 물건이었으니 말이다.

한마디로 그 큰 걸 빼돌렸다면 저기 양쪽 군인들의 눈이 호구가 아닌 이상 누군가는 봤을 것이 아닌가?

하지만 그런 것은 이미 안중에 없는 듯 서로 책임 전가하면서 이빨을 들이대는 모습만 보이고 있으니 답답한 일이었다.

―마스터.

"뭔가 발견했나?"

―새벽 2시부터 4시 사이에 감시카메라의 자료가 모두 삭제된 것을 알아냈습니다.

지금 테른의 패밀리어가 양쪽 군의 기지를 돌아다니면서 최대한 정보를 끌어 모으고 있는 중이다.

그 때문에 지금 이 순간 사이언톨로지의 녀석들로 의심되는 인물들의 감시가 느슨해지긴 했지만 어쩔 수 없었다.

가장 커다란 미끼인 오리하르콘이 감쪽같이 사라졌다면 사이언톨로지를 끌어들인다는 애초의 계획은 물 건너간 것과 마찬가지였으니 말이다.

그렇게 정보를 긁어모으던 과정에서 이상한 점이 계속 발견되고 있었다.

"그 시간이면… 산장에 좀비들이 들이닥쳤을 텐데……."

정확하게 좀비들이 일어서서 산장을 향해 움직일 때 현중이 눈치채고 움직인 시간과 맞아떨어졌다.

하지만 역시나 지금 이 자리에서 테른의 정보만 받아서 판단하기에는 아무래도 정보의 질도 낮은 편이고 단계를 거치기에 현중이 직접 가보는 것이 확실했다.

"직접 가보면 뭔가 실마리가 보이겠지."

곧바로 존재감을 심연의 바닥까지 끌어 내리자 현중의 모습이 한순간 흐릿하게 변하는 듯하더니 사라져 버렸다.

아니, 현중은 존재했지만 존재하는 것을 알 수 없게 된 것이다.

그리고 천천히 걸어서 양쪽 상황을 살펴보다가 먼저 러시아 쪽으로 향했다. 아무래도 발굴된 장소가 러시아 진영이다 보니 그쪽이 우선순위인 것은 당연했다.

'긴장하고 있군.'

현중의 눈에도 러시아 진영의 하늘에 마나의 흐름이 흔들리는 게 확연히 보였다.

일반적으로 마나의 흐름은 인간이 어떻게 한다고 해도 영향을 거의 받지 않는다.

그렇지만 그건 일반적으로 그런 거고 지금처럼 수천 명이 극도로 긴장한 상태로 집중하게 되면 그들의 몸에서 뿜어져 나오는 에너지는 결코 무시할 수 없었다.

옛날에 천지신명께 정성을 다해서 빌면 하늘도 감동해서 비가 내린다는 말은 솔직히 100% 거짓말이 아니다.

마나의 흐름은 지구의 기상 이동에도 밀접한 관계가 있으니 말이다.

마나가 흐르는 길이 대기가 흐르는 길과 거의 맞아떨어지는 경우가 많았다.

물론 한 사람이 아무리 빌어봐야 마나의 흐름에 영향을 주지 않지만 비가 오지 않아 수천 명이 모여서 며칠이고 하늘에 빌면서 집중하게 되면 하나하나의 작은 에너지가 모이고 모여 엄청나게 큰 에너지가 되는 법이다.

거기다 비가 내리는 것은 생존과도 밀접한 관계가 있으니 얼마나 엄청난 에너지가 모였겠는가.

인간은 자신의 생명이 달린 일에는 놀랍도록 높은 집중력을 보이는 게 과거나 현재나 별 차이가 없었다.

"별로 좋지 않아."

마나의 흐름에까지 영향을 줄 정도라면 지금은 전시 상황이라고 해도 과언이 아니다. 그런데 실제로 사람들의 집중력과 영향력이 커지는 때는 한참 죽고 죽이는 전쟁 중이 아니라 바로 전쟁이 시작되기 바로 전 단계였다.

호기심, 궁금증에다 어쩌면 일어날지도 모른다는 불안감 등이 합쳐지면서 뿜어져 나오는 에너지는 거의 상상을 초월할 만큼 거대해진다.

실제로 전쟁이 시작된 뒤에는 오로지 살고자 하는 욕망만이 존재하기에 의외로 마나 흐름에 영향을 줄 만큼 에너지가 뿜어져 나오진 못했다.

하지만 지금 현중에게는 지금의 상황이 가장 좋지 않은 때였다. 마나의 흐름까지 간섭할 정도로 이곳 사람들 하나하나의 몸에서 엄청난 에너지가 뿜어져 나온다는 것이니 말이다.

거기다 러시아 쪽만 그런 것은 절대로 아닐 것이다.

어차피 총알에 맞으면 죽는 것은 러시아군이나 미군이나 다를 게 없었고, 전쟁을 실제로 하는 건 사람이었으니.

'최대한 빠르게 치고 빠진다.'

현중은 멀리서 보는 것과 가까이서 보는 것의 차이가 너무나 극명하게 드러나기에 꼼꼼하게 살펴보려는 처음의 생각을 완전히 접어버리고 곧바로 빠르게 움직였다.

슉! 슉!

가장 먼저 오리하르콘이 발견되면서 커다란 막사가 세워진 곳으로 향했다.

막사라고 해서 병사들이 쉬는 것보다는 오리하르콘을 대충 눈가림하기 위한 임시방편용 막사였기에 안으로 들어가자 몇 가지 기계 장비가 보였다.

그것보다 가장 먼저 현중의 눈에 보인 것은 커다란 구덩이였다.

부스럭.

현중이 가까이 다가가자 흙이 단단하지 않아서 그런지 부스러져 구멍 속으로 빨려들어 갔다. 현중은 개의치 않고 흙더미를 지나쳐 그대로 걸어 나가더니 구멍의 가장 중앙인 허공에 다다라서야 멈추었다.

그는 주변을 살폈다. 특히나 구멍의 주변을 말이다.

"…인위적으로 파낸 흔적은 없군."

잘게 부서지는 흙과 안정되지 않은 구덩이의 흙벽을 보면 인위적으로 기계를 이용해서 오리하르콘을 파낸 흔적은 전혀 찾아볼 수가 없었다.

"내려가 볼까."

더 이상 위에서는 찾을 게 없다고 판단한 현중은 허공에 서 있는 몸이 그대로 빨려들어 가듯 구덩이 속으로 사라져 버렸다.

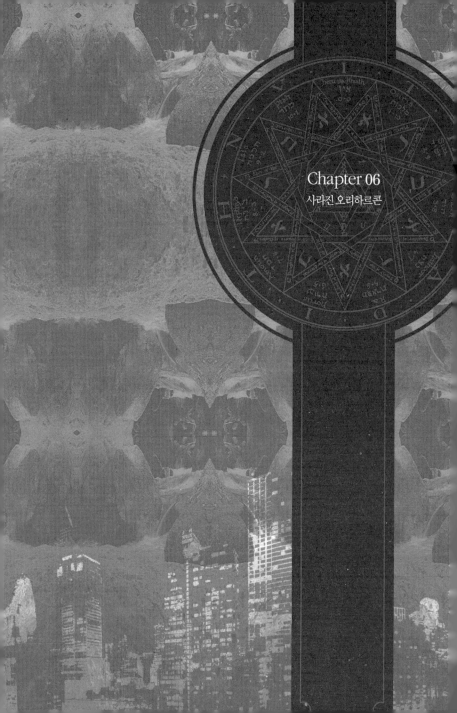

Chapter 06
사라진 오리하르콘

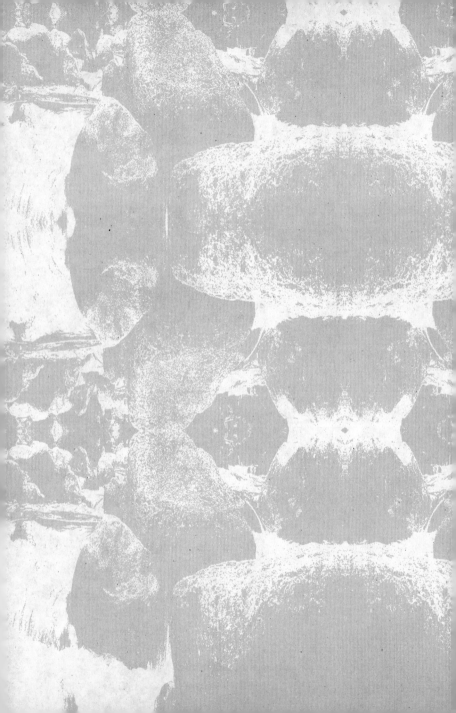

"젠장, 여기도 너무 깨끗해."

막상 구덩이 바닥까지 내려왔지만 흔적이라고는 찾아볼 수가 없는 것은 똑같았다.

부스럭, 드르륵, 툭툭.

자연스럽게 무너져 내리는 흙덩이만 가끔 현중의 귀를 간 질일 뿐 인위적이거나 뭔가 흔적이라고 할 만한 게 없었다.

"마치 오리하르콘 동상만 감쪽같이 사라진 것 같은 모습이 군."

솔직히 현중이라도 이런 식으로 오리하르콘을 가져간다는

것은 거의 불가능에 가까웠다.

테른의 아공간에 집어넣으려고 한다고 해도 땅속에서 꺼내야 아공간에 넣든 할 텐데 이건 도무지 파낸 흔적도 없으니 말이다.

"젠장!"

결국 현중도 짜증이 났는지 그대로 구덩이를 나와 다시 한 번 혹시나 자신이 놓친 것이 있는지 주변을 살펴보고는 막사를 벗어났다.

그 후에는 곧바로 감시카메라부터 여러 가지를 뒤졌지만 마치 누가 미리 계획이라도 한 듯 테른이 말한 시간에 영상과 소리, 흔적 등이 감쪽같이 사라져 있었다.

별 소득 없이 러시아 진영을 나온 현중은 미군 쪽으로 가봤지만 결과는 마찬가지였다. 아니, 오히려 미군 쪽은 더 정보가 전무하다시피 했다.

실제로 발굴의 대부분은 러시아군이 주도했고 미군은 주변을 감시하면서 혹시나 빼돌리지 않는지 감시하는 것에 집중했기에 오히려 현중은 시간낭비만 한 셈이었다.

"…귀신이 곡할 노릇이군."

현중은 처음으로 지구에 와서 자신이 전혀 예측도 하지 못할 상황에 직면했다. 그러다 보니 자연스럽게 옛날에 하던 말이 튀어나오기까지 했다. 힘을 얻고부터 해결하지 못한 일이 없기에 한동안 이런 말을 사용한 적이 없었다.

"테른, 사이언톨로지 녀석들은?"

현중은 혹시나 하는 마음에 물어봤지만,

—호텔에서 한 명도 나온 적이 없습니다. 간혹 모여서 회의를 하긴 하지만 그것도 호텔 내에서 이뤄질 뿐, 오리하르콘이 사라진 것을 전혀 눈치도 채지 못하고 있습니다.

"하긴."

그도 그럴 것이, 지금 오리하르콘이 사라진 것을 러시아군이 밝힐 이유가 없었다. 물론 미군이 먼저 떠벌릴 수도 있지만 그러지 않았다. 아마 자존심 문제 때문일 것이다.

러시아군의 발굴 현장을 완전히 감싸듯 진영을 구축하고 감시하던 미군의 코앞에서 엄청난 크기의 오히라르콘을 가져가 버렸으니 미군으로서도 자존심이 많이 상해 있는 것이다. 위성부터 시작해서 모든 감시의 눈길을 집중했는데 감쪽같이 사라져 버렸으니 말이다.

거기다 러시아 쪽의 감시카메라 이상이라고 러시아군은 밝혔지만 비어버린 시간 때문에 미군은 더더욱 러시아군을 의심할 수밖에 없었다.

어떻게 생각하면 정말 단순한 고장일 수도 있었다. 하지만 오리하르콘이라는 커다란 욕심덩어리가 갑자기 사라져 버렸으니 냉정한 판단을 미군에게 요구하는 것은 지금의 상황으로는 많이 힘들긴 했다.

"석연치가 않아."

현중은 지금 오리하르콘이 사라진 것이 아무래도 마음에 걸렸다.

뭐랄까, 살짝 한발 늦게 움직이는 듯하면서도 현중이 모르는 무언가가 움직이고 있다는 느낌 말이다.

—마스터, 이대로 물러납니까?

테른은 여기서 가만히 있어봐야 별다른 소득이 없을 것이란 것을 알기에 현중에게 물었고, 현중도 잠시 러시아군과 미군을 살펴보다가,

"테른, 철저하게 감시해라."

—네, 마스터.

"혹시라도 교전이 벌어지면… 알아서 정리해라."

—알겠습니다.

지금 현중의 말은 혹시라도 이곳 아르카임 스톤헨지에서 교전이 벌어지면 현중의 다른 명령이 없어도 테른이 알아서 처리하라는 것이었다.

현재 러시아군과 미군은 서로 으르렁거리고 있지만 그들은 모를 것이다. 자신들이 상상도 하지 못할 존재가 주시하고 있다는 것을 말이다.

혹시라도 어느 쪽이든지 먼저 움직여 교전이 벌어진다면

테른은 지체없이 움직일 것이다.

테른은 마족이다. 현중처럼 빠르고 간결하면서도 확실하게 움직이는 게 아니라, 모르긴 해도 웬만한 전장은 비교도 되지 않을지도 몰랐다.

테른도 움직이지 않아서 그렇지 엄연히 서열 마족이었다.

거기다 현중의 배려로 봉인까지 완전히 풀려 버린 완전한 마족이었다. 그런 그가 마스터인 현중의 허락까지 얻은 마당에 과연 조용히 움직일까?

씨익~

테른은 현중의 명령에 고개 숙여 인사하면서 입가에 미소가 번졌다. 뭔가 생각이 있다는 듯 말이다.

"우선 돌아가자."

—네.

현중은 우선 지켜보기로 했다. 누가 이런 엉뚱한 짓을 저질러 현중의 계획을 뒤틀어놨는지 모르지만 오리하르콘은 그 용도가 현재 딱 한 가지로 정해져 있기에 분명히 모습을 드러낼 것이다. 그렇기에 우선 기다려 보기로 한 것이다.

거기다 테른도 안일하게 생각했던 마음을 고쳐먹었는지 봉인이 풀린 능력을 마음껏 발휘해서 패밀리어를 지금의 열 배까지 늘렸다.

그 수로 사이언톨로지를 집중적으로 감시하면서도 지금

이곳 아르카임 스톤헨지도 병사들이 화장실을 몇 번 다녔는지까지 알 수 있을 만큼 감시망을 퍼뜨려 놓았다.

자존심 높은 테른의 심기를 건드렸으니 테른도 단단히 작정한 것이다.

현중의 명령이 따로 없기에 감시하는 것 이상은 하지 못하지만 오히려 지금 테른은 그 녀석이 누구든지 오히려 나타나주길 바랐다.

끼익~

산장의 문을 열고 현중이 들어서자,

"현중!!"

레이스가 기다렸다는 듯 뛰어들어 정확하게 현중의 품으로 달려들었다.

"이제 갈까?"

"응~ 엄청 기다렸어~"

대충 미래를 안다고 해도 그건 어디까지나 미래일 뿐이다. 미래를 안다고 시간이 그만큼 빨리 흘러가는 것도 아니니 결국 기다리는 건 똑같은 것이다. 다만 언제 올지 알고 기다리는 것과 모르고 기다리는 것 차이일 뿐이다.

오히려 언제 올지 알고 기다리는 게 더욱 조바심 날지도 몰랐다. 특히 어린애들은 참을성이 그리 많지 않고 즉흥적인 면이 많다. 그중에서도 레이스는 그게 조금 더 강했다.

언제, 어디서, 어떻게 될지 미리 다 알고 있으니 기다림에 오히려 익숙해지지 않는 것이다.

깡총깡총~

마리아가 챙겨준 가방을 둘러메고 현중의 손을 잡고 너무나 좋아하는 모습에 현중은 피식 웃었다.

"어쩌면 이게 처음일지도 모르지."

그렇다. 그냥 보기에는 레이스가 활발한 아이로 보일지 모르지만 사실 레이스는 너무나 어린 나이에 미래를 보는 능력을 발휘했기에 수많은 사람들로부터 감시당하는 법을 먼저 배웠다.

남들은 너무나 당연한, 놀이공원 가는 것조차도 허락되지 않는 것이다.

오히려 사람이 많은 곳일수록 레이스에게 위험했고, 그걸 미국 정부나 베이스퍼가 허락하지도 않았다.

미국 정부에서는 레이스의 전술적 가치 때문에 감시했고, 베이스퍼는 아무리 마스터라고 해도 결국은 개인이다. 작정하고 덤벼드는 적을 상대로 얼마나 레이스를 지킬 수 있을지 장담할 수 없었다.

그만큼 자신의 힘에 자신이 없는 것도 있지만 오히려 자신의 힘을 너무나 잘 알고 있기에 한계도 알고 있었다.

뭐, 이렇든 저렇든 레이스는 그 흔한 놀이공원은커녕, 또래 어린애와 만난 적도 없었다.

사람들의 교류가 완전히 끊기고 보호하라는 명목의 감시 하에 어린애가 커왔으니 당연히 감시당하는 법을 가장 먼저 깨달을 수밖에 없었다.

언제나 레이스는 TV를 통해 모든 것을 배웠다. 노는 것과, 요즘 유행하는 것들까지 말이다.

생애 처음으로 밖으로 나가는 것이니 이 정도로 좋아하는 것은 오히려 당연했다.

현중은 그걸 어느 정도 이해했고, 마리아는 그걸 이해하지 못하는 것이다. 그게 지금 마리아와 현중의 차이였다.

즉, 시선의 차이인 것이다. 현중은 레이스를 그냥 미래를 보는 특이한 능력을 가진 어린애 정도로 보는 것과, 마리아는 미래를 보는 능력을 가진 특별한 아이라는 시선의 차이 말이다.

본질은 같지만 서로 보는 시선에서 확연히 달라지는 것이다.

"현중~ 나 김치~"

"응?"

갑자기 레이스가 현중을 향해 꺼낸 김치라는 말에 현중이 멀뚱하니 바라보자,

"전에 한국 갔을 때 먹었는데 진짜 매웠어. 근데 맛있어."

입가에 미소를 지으면서 말하는 레이스의 얼굴을 보며 현중은 어디든 상관없었다. 이제 얼마 남지 않은 시간이다. 그동안 약간의 행복한 추억을 레이스에게 남겨주는 것도 괜찮다고 생각해서 처음부터 레이스를 자신이 억지로 떠맡은 것이니 말이다.

현재 베리얼과 현중 외에는 레이스가 정확하게 어떤 상황에 놓여 있는지 아는 사람이 없었다.

굳이 그걸 말하지도 않았고 말이다. 어쩌면 현중이 그 사실을 밝히면 국가차원에서 위험을 미연에 막는다는 명목으로 레이스를 암살할 가능성이 다분했다. 물론 현중이 그냥 보고 있진 않겠지만 그만큼 귀찮은 게 없었다.

"가자. 한국으로."

덥석~

현중이 웃으면서 손을 내밀자 레이스는 선뜻 현중의 손을 자그마한 손으로 꼬옥 잡았고, 그렇게 레이스와 현중은 사라져 버렸다.

끼익~

현중과 레이스가 산장에서 사라지고 나서야 마리아가 문을 열고 나오더니 한숨을 쉬면서,

"짜증나. 정말… 현중 씨도… 레이스도… 모두 다."

여전히 풀리지 않는 화를 억지로 삼키면서 애꿎은 현중과 레이스를 향해 투덜거렸다. 하지만 곧장 눈빛이 평소의 모습으로 돌아오더니,

"빨리 떠넘기고 나도 가야겠지? 곧 레이스는 여자로 다시 태어날 나이니까. 남자인 현중 씨는 절대로 모를 거야. 그게 얼마나 여자에게 충격적인 날인지 말이야."

남자는 잘 모르는 여자만 아는 여자로서 다시 태어나는 날.

정확하게 뭔지 모르지만 마리아가 서두르는 것을 보니 제법 중요한 날인 듯했다. 물론 본심은 현중의 곁에 있으려는 마리아의 욕심이 조금 더 클 것이다.

아무튼 그런 마리아를 뒤로한 채 현중과 레이스가 모습을 드러낸 곳은 엉뚱하게도 대동그룹 본사 건물의 옥상이었다.

"이런, 무의식중에 여기를 떠올렸나."

현중은 자신도 모르게 이곳으로 온 것에 한마디 했지만 별로 개의치는 않았다. 조금 더 걸으면 되니 말이다.

반면 레이스는 주변의 건물 중에서 가장 높은 대동그룹 본사의 옥상에서 바라보는 서울 전경이 마음에 든 듯,

"와!!"

크게 소리치고는 사뿐히 뛰어서 옥상의 안전 스탠드까지 가서 주변을 살펴보기에 여념이 없다.

"훗."

레이스의 행동 하나하나를 그냥 그대로 놔두기로 한 현중은 조용히 뒤따르기만 했다.

"현중!! 진짜 넓다!!"

서울이 솔직히 그리 넓은 편은 아니지만 그렇다고 좁은 것도 아니다. 한 나라의 수도이니 말이다.

거기다 해가 뉘엿뉘엿 지고 있는 시간대라 살짝 어두워지면서 주변의 건물에서 화려한 불빛이 하나둘씩 켜지자 그럴듯한 야경이 펼쳐졌다. 그 모습을 본 레이스는,

"예쁘다……."

누가 그러던가. 여자에게 고백하려면 서울 야경이 한눈에 내려다보이는 곳에서 하라고 말이다.

여자는 분위기에 약하다고 했다. 실제로 적당한 분위기와 음악이 깔린 곳에서 고백하면 성공 확률이 30%나 올라간다는 통계가 있었다.

물론 그 후 사랑을 유지하는 것은 순전히 본인의 몫이지만 말이다.

거기다 여자와 까마귀는 반짝이는 것을 좋아한다는 옛말이 있다. 뭐 까마귀에 빗대어 말하는 게 조금 이상할지 모르지만 그만큼 화려하고 뭔가 특별한 것을 좋아한다는 비유적인 표현일 것이다.

"좋아?"

현중이 레이스를 향해 물어보자,

"응~ 아주 좋아. 이런 곳이구나, 세상은."

레이스는 생애 처음으로 건물 옥상에서 세상이 어떤지 처음으로 느낀 것이다.

하지만 역시 어린애는 어린애였던가?

"김치~"

"후후훗, 그래."

그런 아름다움도 잠시뿐이었고, 레이스는 곧장 먹는 것에 정신을 돌려 버렸다.

결국 현중은 레이스의 손을 잡고 옥상에서 계단을 타고 내려와 대동그룹의 건물을 통과해 나왔다.

물론 그 과정에서 갑작스럽게 현중이 등장했기에 회사가 들썩였지만.

"놀러 왔어. 일해."

간단하게 한마디만 하고 뒤도 돌아보지 않고 가버리는 현중의 모습에 현 대동그룹 사장인 오희연은 한숨을 내쉬었다.

아무리 현중이 모습을 드러내지 않는다고 해도 그 존재감은 확실히 대단했기 때문이다.

오죽하면 현중이 대동그룹에 모습을 드러낸 것만으로도 몇 시간 뒤에 인터넷이 들썩거렸을까.

물론 현중 본인은 전혀 관심도 없었지만 말이다.

"김치~ 김치~ 김치~"

맵다 하면서도 김치를 연신 홍얼거리는 레이스는 뭔가 길을 알고 있기라도 한 듯 오히려 현중을 이끌면서 계속 걸었다.

"어머, 저 사람?"

"설마?"

"헉! 김현중 회장이다."

모자도 안 쓰고 현중 본연의 모습으로 길을 걷고 있으니 당연히 현중을 몰라보는 사람이 없을 것이다.

지금도 대동그룹 하면 김현중과 오희연 사장을 동시에 떠올릴 만큼 사람들의 기억 속에 현중은 너무나도 강렬하게 각인되어 있었고, 특히나 웬만한 미남 배우들은 명함도 못 내밀 얼굴도 어느 정도 한몫했다.

물론 레이스는 한국말을 몰랐다. 그저 자신과 현중을 쳐다보는 시선이 그리 싫진 않은 듯 마냥 싱글벙글거린다.

그런데,

"저 애는… 설마……."

"외국 여자와 결혼했나 봐."

"숨겨둔 아이인가 봐."

"어머, 아버지를 닮아서 진짜 귀엽고 깜찍하긴 하네."

어느 순간 레이스는 현중의 숨겨둔 딸이 되어가고 있었다.

물론 현중은 듣고도 모른 체했다.

어차피 이들이 뭐라고 떠들던 말하기 좋아하는 사람들의 성격 때문이기에 무시하는 것이지만.

'도대체… 내 나이가 몇인데……. 레이스만큼 큰 딸이 있으려면 도대체 내가 몇 살에 애를 낳아야 한다는 거야?'

일반적으로 알려진 현중의 나이는 이제 스물일곱 살이었다. 그런데 레이스는 어림잡아 봐도 외국인이라는 특징을 빼더라도 최소한 열세 살은 넘어 보였다.

그럼 사람들이 말하듯 레이스가 현중의 딸이 되려면 현중은 무려 열네 살에 낳아야 한다는 결론이 나온다.

누가 봐도 말이 안 되는 상황이지만 마치 레이스가 현중의 딸이 맞는 듯 분위기가 흘러간다는 게 현중에게 실소를 머금게 할 뿐이다.

"현중~"

"응?"

"현중이랑 나 닮았어?"

"응?"

갑자기 뒤돌아서 현중을 향해 물어보는 레이스의 거침없는 질문에 현중은 번번이 당황해야만 했다.

애를 키워본 적도 없고 친척도 없어서 어린 조카조차 없기에 어린애가 어떤 성격인지 현중도 면역이 없기는 마찬가지였다.

"저기 사람들, 나보고 현중 딸이래."

"…한국말 알아듣니?"

살짝 놀란 듯 물어보는 현중의 질문에 레이스는 배시시 웃으면서 손가락을 살짝 들어 엄지와 검지를 살짝 벌리더니,

"요만~ 큼 알아들어. 아빠, 엄마, 딸, 아들, 할아버지 정도는."

"……."

현중은 직감했다. 지금 레이스의 이 말은 거짓말이라고 말이다.

의사소통이 가능한 것은 분명히 아니지만 분위기와 어느 정도 좋은 머리를 가지고 있으니 어쩌면 간단한 대화 정도는 알아들었을 것이다.

그리고 지금 주변의 사람들이 말하는 것의 의미도 말이다.

누가 그랬던가. 어린애들은 천진한 얼굴을 한 악마와 천사가 함께 공존한다고 말이다.

현중은 정말 때때로 번뜩이는 레이스의 천진함과 함께 그런 천진함을 무기로 나타나는 살짝은 악마 같은 귀여움도 보였다.

아직은 말이다. 아직은.

"그런데 레이스."

"응?"

"지금 어디 가는 거지?"

현중은 우선 레이스가 자신있게 이끌기에 뭔가 아는 곳이 있는가 싶어서 우선 뒤따르고 있었다. 하지만 도무지 뭔가 있을 만한 곳이라는 느낌이 들지 않는 것 같은 주변의 상황에 물어보자,

"몰라~"

"…몰라?"

"응."

"그럼 왜 앞장선 거야?"

현중은 아직은 평온을 유지하면서 레이스에게 물어보자 레이스는 1초의 망설임도 없이,

"재미있으니까."

"……."

정말 어린애가 얼마나 손이 많이 가는 존재인지 새삼 다시 깨닫는 현중이었다.

그저 본인이 재미있다는 이유 하나만으로 현중을 이끌고 무작정 직진만 한 것이다. 오로지 직진만 말이다.

결국 현중은 생각을 바꿨다. 레이스가 이끄는 대로 움직이면서 뒤에서 보호와 함께 어느 정도 조절만 하려고 했지만 그런 생각은 레이스와 산장을 나선 지 불과 얼마 되지도 않아서

급 수정을 해야만 했다.

"레이스."

"응."

"김치가 먹고 싶다고 했지?"

"응."

"어떤 김치?"

"빨간 거. 빨간 게 잔뜩 있는 거."

"그래."

현중은 자신이 얼마나 어린애를 쉽게 생각했는지 결국 피부로 느끼고 나서야 깨달았다.

'어린애는 어른이 이끌어줘야 해.'

라고 말이다.

곧바로 주변을 살펴본 현중은 근처에서 가장 눈에 띄고 가까운 천산호텔을 향해 걸었다.

겨우 500m 남짓한 거리였지만 그동안에도 레이스는 계속 김치를 흥얼거리면서 걸었다.

솔직히 천산호텔을 다시 찾아간다는 게 현중은 그리 내키지 않았다. 별로 좋은 인연이 아니었던 것도 있지만, 그때 결국 천유화와 안 좋게 헤어졌으니 말이다.

"환영합니다, 손님."

현재 현중은 티셔츠 차림에 평범한 옷차림이었다. 레이스도 아직 옷을 사지 않았으니 멜빵바지에 대충 동여맨 머리카락과 어디서나 볼 수 있는 외국 아이의 모습이었다.

다만 깨물어줄 만큼 귀엽다는 게 달랐다.

하지만 현중과 레이스를 맞이한 호텔 직원의 첫마디는 저번과 확실히 달랐다.

현중을 정확하게 보고도 90도로 인사하면서 정중하게 대했다.

그리고 고개를 들어,

"어떤 용무로 오셨습니까?"

즉, 이 질문은 용무에 따라 안내를 하겠다는 뜻이다. 그런데 갑자기 레이스가 불쑥 직원 앞으로 가더니,

"김치 먹으러 왔어요."

라고 영어로 대답했다.

그런데 더 놀라운 것은 레이스의 말을 알아듣고는 영어로 김치가 있는 곳으로 안내하겠다면서 자신이 앞장서기까지 했다.

저번과 달라도 너무 달라진 태도에 현중은 조용히 웃었지만 그는 모르고 있었다. 이 모든 시스템을 바로 시리가 다 만들었다는 것을 말이다.

천유화에게 시리를 잠시 임대 형식으로 보냈는데 그 짧은 기간 동안 시리는 완전 호텔의 시스템 자체를 뒤집어 버렸다.

첫 번째로 천산호텔의 모든 직원을 정직원 고용제로, 연봉

제로 바꿔 버렸다. 그리고 근무 평가를 꼼꼼히 찾아보고 뭔가 어긋났다 싶으면 호텔에서 1년을 일했던 10년을 일했던 가차 없이 잘라 버렸다.

오죽하면 뒤에서 지켜보던 천유화가 불안해서 시리에게 슬그머니 적당히 하라고 조언 아닌 조언을 했겠는가.

하지만 그런 조언에 시리는 가볍게 한마디로 대답했는데,

"이대로는 100년이 지나도 천산호텔은 제자리걸음입니다."

"……."

시리의 그 한마디에 천유화는 아무 말도 할 수 없었다.

그냥 잘난 척하는 그런 사람이 말했다면 천유화도 무시했을 테지만 시리는 실질적으로 대동그룹의 두뇌라고 불리는 위치에 있다.

그걸 천유화도 알고 있으니 찍소리 못하고 결국 조용히 뒤에서 시리가 하는 대로 따라 하기만 했다.

처음에는 말도 많고 시위도 하면서 억지 부리는 사람도 있었다.

하지만 어떻게 찾아냈는지 시리는 오히려 그런 사람들의 횡령 사실과 일하면서 저지른 비리를 모조리 캐내어 고발해 버렸다.

그렇게 폭풍 같은 천산호텔의 리모델링이 시작되어 끝난

것은 겨우 일주일이었다.

시리는 호텔 내의 구조 개편 이외에도 직원들의 정신교육도 새로이 강화했다. 그리고 호텔 운영에 필요한 외국어를 능숙히 사용하는 직원도 뽑았다. 그것도 열 명이다.

단순히 한 사람에게 업무가 돌아가는 것이 아니라, 필요할 때마다 인원이 돌아가며 업무를 볼 수 있도록 로테이션을 완성한 것이다.

그런데 웃긴 것은 현재 호텔에서 연봉을 가장 많이 받는 위치에 있는 직원이 바로 호텔의 정문에서 손님을 처음 맞이하는 직원이라는 것이다.

임대지만 시리가 한 달에 받는 월급보다 호텔 정문에서 손님을 처음 맞이하는 직원의 월급이 더 많았다.

천유화가 도대체 왜 이런 말도 안 되는 연봉를 책정했느냐고 반문하자 시리는 단호하게,

"호텔의 얼굴입니다. 사람은 첫인상으로 모든 걸 판단합니다. 아가씨께서는 세계 다섯 개 국어를 하면서 방으로 들어가는 순간까지 친절한 직원의 안내를 받고 싶으십니까, 아니면 그저 웃으면서 프런트로 안내만 하고 사라지는 호텔의 얼굴을 만나고 싶으십니까?"

하고 말하자 천유화도 순간 자신도 생각해 보니 뭔가 그럴듯했다.

호텔의 입구에서부터 자신을 맞이한 친절한 직원이 알고 보니 다섯 개 국어를 자유롭게 구사하는 유능한 직원이고, 그 직원이 책임지고 호텔에 처음 들어오는 모든 절차를 도와주고 방 안내까지 해준다면 당연히 그것만큼 기억에 남는 것도 없을 것이다.

그리고 뭔가 대접 받는다는 기분도 확실히 남다를 것 같았다.

"아가씨."

"왜 그러죠?"

뭔가 천유화는 시리에 밀린다는 것을 느꼈는지 살짝 주춤했다.

"최소한 아시아에서 최고라는 말을 듣도록 하려면 이제 시작입니다."

방금 이 말 한마디로 천유화는 시리에게 완전 넘어가 버렸다.

스케일이 다른 것이다. 거기다 체계적이고 논리적이다. 사람들이 무엇을 좋아하는지, 어떤 것을 원하는지 너무나 냉정하고 확실하게 간파하고, 시스템 자체를 바꿔 버렸으니 아무리 상위 0.1% 안에 드는 천유화라도 시리에게 넘어가지 않을 수가 없었다.

뭐랄까, 매력을 느꼈다고 할까? 천유화는 자신이 가지지 못한 과감함과 함께 능력을 가진 시리라는 인물에게 빠져 버렸다.

하지만 시리는 냉정하게도 3개월 만에 호텔의 시스템을 완전히 뒤집어놓고 대동그룹으로 돌아가 버렸다.

물론 지금도 천유화는 시리를 개인적으로 찾아가 친분을 핑계로 현재 호텔을 어떻게 하면 더 잘 돌아가고 멋지게 할 수 있는지 조언을 구하곤 했지만 시리 입장에서는 귀찮을 뿐이었다.

상황이 이러니 다른 호텔은 몰라도 천산호텔에서는 호텔 이사가 손님을 맞이한다는 우스갯소리가 들릴 정도였다.

세계 다섯 개 국어를 자유롭게 하는 직원이 방으로 들어가는 순간까지 책임지는데 어느 손님이 감동하지 않겠는가.

그리고 그 결과를 현중은 우연치 않게 겪고 있는 중이다.

거기다 능숙하게 레이스와 대화하면서 그녀가 원하는 게 뭔지 살짝 유도까지 해서 메뉴를 알아내는 센스까지도 보여 줬다.

"어린 아가씨께서 원하시는 것은 백김치와 배추김치인 듯합니다. 이대로 식당으로 가시어 주방장에게 제 이름을 대면서 따로 말씀하시면 그리 맵지 않도록 해줄 겁니다. 좋은 시간 되십시오."

현중에게 살짝 귀띔까지 해주고 식당 안내를 마친 직원이 본래의 자기 자리로 돌아가는 모습을 본 현중은 솔직히 바뀌어도 이 정도로 심하게 바뀔 줄은 예상 밖이라서 살짝 놀랐다.

"김치다!"

뷔페식으로 차려진 음식 중에 김치를 보고는 현중의 손을 잡아끄는 레이스의 행동에 금방 기억 속에서 잊혔지만 확실히 현중에게도 첫인상이 강하게 남게 되었다.

오죽하면 사람 이름을 잘 기억하지 않기로 유명한 현중이 단번에 직원 이름을 기억하겠는가.

그리고 현중은 몰랐지만 방금 현중을 안내한 직원은 직원 이름으로 단골 고객이 무려 200명이나 있는, 나름 천산호텔에서 엘리트급에 들어가는 직원이었다.

실제로 시리가 이렇게까지 한 것은 바로 이런 효과를 누리기 위해서였고, 기본급+인센티브 형식으로 단골 고객을 많이 확보할수록 자신의 연봉이 달리지고 호텔 내에서 대우가 달라지니 친절하지 않을 수가 없었다.

오죽하면 천산호텔 직원 중에 연봉 2억 받는 직원이 있다는 소문이 돌 정도로 말이다. 그런데 더 웃긴 것은 실제로 연봉을 2억 이상 받는 직원이 제법 있었다.

"시험해 볼까."

현중은 그냥 차려져 있는 김치를 먹으면서 입술이 벌겋게

달아오른 레이스를 보고는 혹시나 하는 마음 반, 기대 반으로 요리사에게 다가가 직원 이름을 대면서 외국 아이가 먹을 수 있는 김치를 요구하자 정말 1분 만에 가져왔다.

그리고 레이스에게 주니,

"이거야!"

자신이 찾던 김치가 이거였다는 듯 좋아하면서 먹기 시작하는데 그 모습에 도대체 천산호텔이 어떻게 이렇게까지 변했는지 현중으로서도 의문이 들 정도다.

물론 현중은 시리가 이렇게 했다는 것을 몰랐다. 어차피 자신이 홧김에 저지른 사고를 뒷수습하는 정도로 시리를 잠시 빌려주었으니 말이다.

하지만 결과적으로 현중의 홧김의 행동으로 인해 천산호텔은 국내는 물론 세계적으로 등급이 초고속으로 올라가는 엄청난 행운을 가지게 되었으니 그리 나쁜 것만도 아니었다.

흰 쌀밥과 김치를 잘도 먹는 레이스의 모습을 현중은 커피 한 잔 가져다 놓고 마시면서 지켜보았다.

그런데 이런 레이스와 현중의 단란한 한때를 방해하는 방해꾼이 나타났으니 바로 천유화였다.

"현중 씨."

단아하면서도 뭔가 무게가 있어 보이는 정장 차림의 천유화는 옅은 화장기가 살짝 감도는 게 역시나 미인으로 소문난 천유화 그대로였다.

다만 현중을 향한, 뭔가 엄청나게 갈구하는 것이 있는 듯한 부담스런 눈빛만 빼면 예전의 천유화와 다를 게 없었다 .

"오랜만이네요."

현중이 가볍게 인사하자 천유화는 슬쩍 현중과 레이스 중간에 앉으면서,

"저의 호텔에 왔으면 기별이라도 넣어주지 않고요."

직원의 연락을 받고 혹시나 해서 내려왔다가 현중을 본 천유화는 나름 서운한 표정을 지었지만 현중은 그저 웃을 뿐이었다.

"그보다… 혹시……?"

천유화도 레이스와 현중을 번갈아보더니,

"…는 아니네요. 흑발이 아닌 것을 보니."

만약에 레이스가 흑발을 가졌다고 해도 도저히 현중의 나이로는 말도 안 되는 상상이다.

그런데 천유화의 미소를 본 현중은 지금 그게 장난이었다는 것을 알아채고는,

"제가 그렇게 가벼운 남자였나요?"

오히려 농을 건네자 천유화도 현중이 장난친다는 것을 아는지,

"그렇다고 무겁진 않죠. 다만 벽이 너무 높을 뿐이죠."

왠지 뼈가 있는 말이다.

그런데 김치와 밥을 다 먹은 레이스가 입가에 고춧가루로
범벅이 된 채로 고개를 들어 천유화를 보더니,

"언니도 현중 좋아하는구나?"

"어머!"

천유화는 레이스의 당돌한 말에 살짝 놀랐다가 곧 웃음 지
었다..냅킨을 꺼내더니 레이스의 입가에 묻은 것을 닦아주면
서,

"그런데 저 사람은 나쁜 남자라서 난 좋아해도 소용없단
다."

"피이~ 괜찮아. 현중을 좋아하면 나중에 마리아처럼 뽀뽀
할 수 있어."

"……!!"

순간적으로 레이스의 말을 들은 천유화가 몸을 멈추더니
슬쩍 고개만 돌려 현중을 바라보았다.

"설마… 그 마리아 씨와… 키스하는 사이였나요?"

어린애 말이긴 하지만 천유화도 은근히 마리아를 신경 쓰
고 있었고 라이벌로 마리아가 가장 가능성이 높다고 판단하
고 있는지라 자연스럽게 몸이 반응한 것이다.

하지만 현중은 아무렇지 않게 커피를 한 모금 마시더니 천
유화를 보면서,

"모든 건 생각하기 나름이겠죠?"

부정도, 그렇다고 긍정도 하지 않았다. 하지만 그런 현중의 말을 들은 천유화는 얼굴의 표정이 풀어지더니 웃으면서,

"아직은 아니군요."

곧바로 단정 짓고는 다시 레이스의 입가를 세심하게 닦아 주며 현중에게,

"현중 씨는 최소한 거짓말을 하진 않는 사람이니까요."

"제가 그렇게 신용이 있었나요?"

"후후훗, 다른 사람은 몰라도 제게 현중 씨는 본인의 일에 책임을 지는 사람이에요. 하다못해 가볍게 한 약속이라도 말이죠."

귀찮은 게 싫고 번잡한 게 싫어서 그리 사교성이 좋지 않은 현중이다.

그런데 자신이 천유화에게 이 정도로 신용 받고 있을 줄은 몰랐기에 스스로에게 놀라고 있었다.

"그보다……."

갑자기 말을 돌린 천유화는 현중을 똑바로 보면서,

"시리 양을 저에게 주세요."

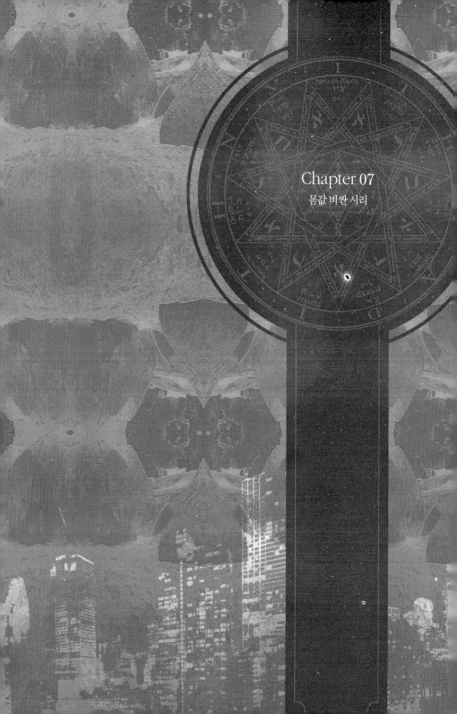

Chapter 07
몸값 비싼 시리

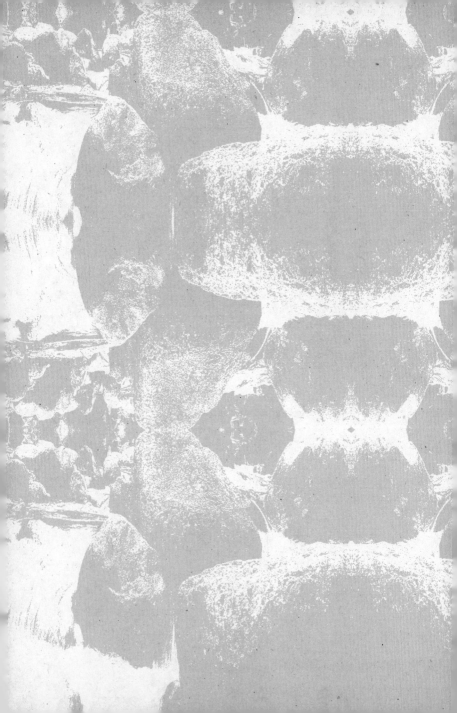

현중은 뜬금없이 시리를 자신에게 달라는 말에 처음 현중
을 바라보면서 무언가 갈구하는 천유화의 눈빛이 바로 이것
이었다는 것을 알았다.

하지만 현중은 시리를 자신의 부하라고 생각한 적이 없
다.

테른의 부하이지 현중의 부하는 아니었다. 필요에 따라 부
리긴 하지만 테른처럼 직접적으로 명령을 내리지 않는 편이
었으니 말이다.

"그건 시리에게 물어봐야 하는 게 아닌가요?"

현중은 시리가 천유화에게 가고 싶다면 굳이 막을 생각은
없었다. 현재 대동그룹도 어느 정도 기틀이 완전히 잡혔고 시
리의 일도 많이 줄어들어 웬만한 비서들이 하는 일에서 크게
벗어나지 않고 있으니 말이다.

현재 대동그룹에서 시리가 빠진다고 대동그룹의 업무가
마비되거나 하는 일은 없을 것이다.

"…그게, 도통 요지부동이에요. 현중 씨의 명령이 있으면
몰라도 자기는 대동그룹이 좋다고 하잖아요. 쩝."

그동안 천유화는 거의 노골적으로 대동그룹을 들락거리
면서 시리에게 공을 들였다. 오죽하면 오희연 사장에게 직
접 시리를 자기에게 보내줄 수 없냐고 요구까지 했을 정도
다.

하지만 오희연도 월급 사장이니 시리에게 뭐라 할 수가
없었다.

아무리 사장이라도 시리는 대동그룹에서 그 존재감이 현
중과 비슷한 급이었으니 말이다.

가끔이지만 오희연 사장도 시리에게 자문을 구하고 해답
을 얻는 경우가 제법 있었다.

말하자면 정신적인 지주라고나 할까?

현중이 완전히 종적을 감춰 버렸어도 대동그룹이 끄떡없
는 것은 오희연의 대단한 리더십도 있지만 그 이면에는 시리

의 엄청난 존재감이 단단히 한몫했다.

현중과 함께 들어와 지금의 대동그룹을 일으켜 세운 장본인 중에 하나였기에 그녀의 말 한마디가 결코 가볍지 않은 것이다.

거기다 원하는 해답을 척척 말해주기까지 하니 오희연도 은연중에 천유화에게 시리를 보내는 것을 꺼려했다.

상황이 이러니 천유화도 애가 닳을 수밖에 없었다. 지금까지 천산그룹의 아가씨로 태어나 자신이 원해서 가지지 못한 것이 없었다.

물론 무식하게 욕심만 채우거나 하진 않지만 자신이 원하면 어떻게든 자신의 사람으로 만들어 함께 성공의 길을 걸었던 과거와 달리 시리만큼은 완전 철옹성인 것이다.

상황이 이러니 현중의 나타났다는 말에 천유화는 만사를 제쳐 두고 왔다. 이제 그녀에게 유일한 희망은 바로 현중이었으니 말이다.

거기다 천유화가 살펴본 바로는 시리는 싫든 좋든 현중이 명령하면 두말하지 않고 그 명령에 따랐다.

"전 그녀의 자유의사에 대해서 뭐라 할 생각이 없습니다."

"정말 이럴 건가요?"

현중마저 오희연과 별다른 것이 없자 결국 심통이 난 천유화의 입술이 오리 입만큼 튀어나오자 현중은 씨익 웃었다.

"옛말에 이런 말이 있죠."

"갑자기 웬 옛말이에요?"

짜증난 마음이 그대로 묻어난 말투의 천유화였지만 현중의 말에 귀는 기울였다.

"그 사람을 가질 수 없다면… 그 사람의 것을 훔치라고 말이죠."

"…훔치라니, 그게 무슨……. 시리 양을 납치라도 하란 말인가요?"

훔치라는 뜻을 곧이곧대로 받아들인 천유화는 실망스러운 말투로 어떻게 납치를 하느냐고 투덜거렸다. 하지만 곧 눈동자가 빠르게 흔들리기 시작했다.

그리고 잠시 뭔가 생각하더니 현중을 보면서,

"…훔치라는 말, 그거… 배우라는 말이죠?"

대충 뜻은 알아들은 듯했지만 현중은 결코 친절하지 않았다.

"옛말은 해석하기에 따라 여러 뜻이 있을 수 있죠."

시리를 가지고 싶은 천유화의 마음은 순수하게 자신이 가지지 못한 재능을 가진 시리 자체가 탐이 났기 때문이다. 그저 그 사람과 있으면 좀 더 달라질 것 같다는 기대감도 있고 말이다.

한마디로 사리사욕보다는 뭔가 변화를 추구하는 가능성 때문에 시리를 욕심내고 있고, 현중도 그런 천유화의 마음을 알기에 시리를 줄 수는 없지만 약간의 해결책을 제시해 준 것이다.

물론 커다란 장애물이 있는 것은 당연했다.

천산그룹의 후계자로 떠오르고 있는 천유화다. 천산태 회장의 막강한 신임 아래 하는 일마다 승승장구, 그녀가 움직이면 천산그룹의 주식이 뛴다는 말이 있을 정도로 천산그룹 내에서도 이미 입지를 단단히 굳힌 상태였다.

그런데 그런 천유화가 이제 와서 갑자기 대동그룹의 비서로 있는 시리의 밑으로 가서 일을 배운다고 하면 얼마나 웃기겠는가?

지금 천유화도 그걸 걱정해서 고민하고 있는 것이다.

지금의 단단한 기반을 우선 뒤로하고 시리의 밑으로 가서 무언가 자신에게 없는 것을 배우느냐, 아니면 이대로 시리를 포기하느냐 하는 기로에 선 고민 말이다.

"......!"

하지만 그런 고민은 그리 오래가지 못했다.

실제로 누군가가 그랬다고 한다. 인간은 생각하는 동물이다. 하지만 생각을 너무 오래해서 정말 필요한 것을 놓치는 경우가 많다고 말이다.

천유화의 고민은 불과 몇 분밖에 걸리지 않았다.

눈동자를 보니 결코 후회할 것 같진 않았다.

"현중 씨."

"네."

"저 대동그룹 비서실에 낙하산으로 떨어뜨려 주세요."

"…후후훗."

현중은 천유화의 말에 웃으면서,

"천산그룹에서 알면 가만있지 않을 텐데요? 그룹의 후계자가 라이벌 그룹의 비서실에 낙하산으로 들어간다는 게 말이죠."

어차피 결심을 한 천유화의 눈동자를 볼 때 현중이 이런 말을 한다고 물릴 성격이 아니라는 것은 익히 알고 있지만 그래도 어느 정도 말은 해봐야 나중에 천산그룹이 난리칠 때 할 말이 있지 않겠는가?

"저희 천 씨 집안에 가훈이 있어요."

"가훈?"

갑자기 가훈까지 들먹이는 천유화는 당당하게,

"적이라도 배울 게 있다면 사랑하라는 말이 있죠."

"후후훗, 재미있는 가훈이군요."

너무나 직설적으로 핵심을 찌르는 가훈에 현중이 실소를

터뜨리자 천유화도 웃음 지었다.

"할아버지도 이해하실 거예요. 제가 지금까지 생각 없이 한 일이 없다는 걸 아실 테니까요."

대단한 믿음이었다.

솔직히 그룹 정도 되면 가족 간에 알게 모르게 알력과 다툼이 있게 마련이다.

물론 천씨 집안이 은근히 손이 귀한 집안이라 크게 그런 문제가 부각되진 않았지만 생각 외로 사람의 됨됨이를 보면 그 집안도 어느 정도 보이는 법이다.

이 정도로 확신이 있다면 천산태도 어떤 사람인지 대충 알 만했다.

"그러니까 내일부터 대동그룹으로 출근하고 싶은데, 어때요? 해주실 건가요?"

현중으로서는 군이 거절할 이유가 없었다. 인재 하나가 자기 발로 오겠다는 데 말이다.

"제가 연락해 두죠."

"고마워요. 대신 뇌물로 오늘 먹은 식비는 제가 해결할게요."

그리고는 가볍게 레이스와 인사를 나눈 뒤에 곧장 가버리는 천유화였다. 아마 지금부터 천산태와 대판 싸움을 벌일지도 모르지만 그건 천유화의 몫이니 현중이 걱정할 고민은 아니었다.

레이스는 천유화가 나가기를 기다렸는지 천유화가 나가자마자 벌떡 일어서더니,

"현중, 나 그만 먹을래."

"그래."

현중은 조용히 일어서서 레이스의 손을 잡고 천천히 걸어서 호텔을 나왔다. 그리고 호텔을 나설 때 비로소 직원이 현중을 알아챘는지,

"대동그룹의 회장님을 뵙게 되어 영광이었습니다."

라고 인사를 해왔는데 그저 가볍게 미소로 답해주었다.

그 길로 근처 공원 벤치에 앉아 있기도 하고 새 때문에 현중이 나무 위로 올라가는 경험도 잠깐 했지만, 뭐 그 정도는 현중에게는 크게 문제 될 것이 없기에 웬만하면 레이스가 해달라는 대로 다 해줬다.

남들이 보면 정말 팔불출이라고 할 수도 있겠지만 레이스의 입장에서는 태어나 처음으로 응석을 부리는 것이기에 현중은 그냥 다 받아주었다.

하지만 그것도 확실히 오래가진 못했다.

어린애라 그런지 놀 때는 정말 끝없이 놀 것같이 움직이지만 어느 순간 현중이 앉은 벤치에 누워 현중의 가방을 베게 삼아 잠든 것이다.

아직 시간은 많지만 날은 많이 어두워져 있었다. 공원에 사람들이 하나둘씩 없어지는 것을 보면 말이다.

그런데 현중은 막상 자려고 하니 잘 곳이 없었다.

"나 참, 이걸 보고 빛 좋은 개살구라고 하는 건가."

가진 게 많고 돈도 많지만 당장 편안하게 쉬려고 해도 잘 집이 없는 것이다.

거기다 뒤늦게 안 사실이지만 원래 있던 집은 영국에 교환학생으로 가면서 테른이 맘대로 임대해 버렸기에 가지도 못했다.

현중에게 거리상의 문제는 아무런 제약이 되지 않는데 굳이 필요 없는 집을 빈 채로 두는 것도 낭비라면서 말이다.

결국 현중은 호텔을 알아보려다가 굳이 한국에서 계속 있을 필요가 있겠냐는 생각에 다른 곳으로 옮기기로 했다.

어차피 현중은 잠을 자지 않아도 상관없으니 말이다.

"건드리면 깰 테니."

현중은 자고 있는 레이스를 마나로 감싸더니 가볍게 자신의 품으로 안아 들고는 그대로 다시 사라져 버렸다. 그런데 사라진 지 1분 만에 다시 돌아왔다.

"깜빡했군."

주머니에서 휴대전화를 꺼내더니,

"현중입니다. 내일 천산그룹의 천유화 씨가 시리에게 비서로 일을 배우고 싶다기에 출근하라고 했으니 그렇게 알고 있으세요."

뚝.

자기 할 말만 하고 끊은 현중은 방금 앉아 있던 벤치에서 자신의 가방을 집어 들고는 사라졌다.

그런데 반대로 현중의 전화를 받은 오희연 사장은 아닌 밤중에 홍두깨도 아니고 갑자기 천유화가 내일부터 출근한다니 무슨 말인지 영문을 몰랐다.

분명 전화번호는 현중의 개인 번호가 맞았다.

현중이 쓰는 휴대전화는 좀 특수한 기계라는 말을 들은 적이 있기에 번호를 도용한다거나 하는 게 불가능하다고 했으니 분명 현중이 맞을 것이다. 목소리도 현중이 맞고 말이다.

그런데 그 내용이 황당하기에 희연은 퇴근하려다가 다시 앉아야 했다.

지금 오희연이 사장실로 쓰는 곳은 전에 현중이 회장으로 있을 때 쓰던 사무실로 현중이 그대로 쓰라고 다 넘겨 버렸기에 사장실로 이름만 바꿔서 사용하는 중이었다.

"천산그룹의 아가씨로 불리는 천유화 씨가… 왜 우리 회사 비서실로 온다는 건지……."

상식적으로 말이 안 되는 상황이기에 퇴근도 잠시 잊어버렸다.

오희연은 사장의 위치에 있으니 만약에 정말 천유화가 그녀의 사장실 비서로 있는 시리의 밑으로 들어온다면 이건 특종감이다.

언론에서 이걸 그냥 두고 보고 있지만은 않을 테니 말이다.

"아, 정말 이제 더 이상 언론과의 접촉은 사양하고 싶은데……."

이미 기네스북에도 오를 만큼 젊은 나이에 대동그룹의 사장으로 초 파격 승진을 한 오희연은 정말 기자라면 지긋지긋했다. 오죽하면 오희연이 옛날에 태어났던 병원까지 뉴스거리가 되었겠는가.

그런데 이런 오희연의 걱정에 말뚝이라도 박는 듯 또 한 통의 전화가 왔는데 천유화였다.

"여보세요."

[저예요. 천유화.]

"네. 그런데 방금 회장님 전화를 받았는데 그게 무슨 소리죠?"

오희연은 솔직히 농담이라고 말하길 빌었다. 하지만 그런 기대를 가볍게 꺾어버리고는,

[제가 부탁했어요. 제 쪽은 제가 해결 봤으니까 내일부터

출근할게요. 출근할 곳은 제가 잘 아니까 알아서 찾아갈게요.
그럼 내일 봬요.]

너무나 태연하게 아무렇지 않은 듯 말하고는 전화를 끊어
버린 천유화와 달리 오희연은 한숨만 나왔다.

"내일 천유화 씨가 출근하고 나서 한 시간 내로 인터넷이
들썩이겠군."

안 봐도 드라마였다. W패드2의 엄청난 보급력 때문에 지
금 대한민국에서 뉴스거리는 거의 실시간으로 올라오는 중이
다. 거기다 누가 봐도 엄청난 뉴스거리임에 분명했다.

오희연은 현중이 원망스러웠다.

"도대체 왜 회장님만 나타났다 하면 꼭 뭔가 사건이 터지
는 건지……."

감감무소식이다가 갑자기 현중이 회사에 나타났을 때만
해도 그냥 그럴 수도 있다고 생각했지만 역시나 현중이 나타
나고 난 뒤에 이런 엄청난 기사거리를 떠넘기고 또다시 사라
진 것이다.

마지막으로 한숨을 쉬고 있는 오희연의 사장실 문이 열리
면서,

―회장님의 연락을 받았습니다. 내일부터 천유화 씨가 제
밑에서 일을 배운다고 합니다.

"알아요, 저도 좀 전에 연락 받았어요."

─네, 그럼 이만.

조용히 다시 문을 닫고 나가는 시리를 보면서 오희연은 어떻게 여자가 저렇게 자기 관리가 철저할 수 있는지 존경스러웠다.

한 치의 흐트러짐도 본 적이 없으니 말이다.

거기다 대동그룹 내에서 들리는 소문에 의하면 시리가 화장실을 가는 것을 그 누구도 본 적이 없다고 한다.

그러다 보니 시리의 미모와 함께 이슬을 먹고산다는 소문이 퍼진 적도 있다.

"아, 정말 이러다 대동그룹이 여인천하(女人天下)가 되는 게 아닌지 모르겠네."

오희연의 걱정과 달리 이미 대동그룹은 여인 천하였다.

정신적인 지주인 시리를 중심으로, 과감한 선택으로 언제나 세상을 놀라게 하는 오희연 사장과 함께 알게 모르게 그룹의 주요 위치에 여자 간부도 제법 있었다.

물론 오희연과 개인적인 친분이나 그런 건 일체 없는, 오로지 능력만으로 뽑았다.

그러다 보니 이미 대동그룹은 여자들이 가장 입사하고 싶어하는 회사로 부동의 1위를 고수하고 있고, 반대로 남자들에게는 도전하고 싶은 회사로 언제나 1위였다.

능력을 보인 만큼 대우를 해주고 거의 미쳤다는 말을 들을 만큼 파격적인 인사를 감행하는 게 하나의 유행처럼 되어버렸기에 다른 곳은 몰라도 대동그룹에서는 말단 사원이 갑자기 과장이 되는 것도 그리 신기한 일이 아니었다.

다만 한번 승진으로 올라간 그 자리를 유지하려면 엄청난 노력을 해야 한다는 게 단점이긴 하지만 말이다.

그런데 웃기게도 지금 대한민국을 가장 떠들썩하게 하고 있는 드라마가 한편이 있었으니, 바로 여인 천하였다.

우스갯소리로 드라마 주인공의 정난정을 오희연과 비교하는 사람도 제법 있었다.

＊　　　＊　　　＊

현중이 레이스를 안고 다시 모습을 드러낸 곳은 얼핏 잡지에서 본 적이 있는 듯한 어느 무인도였다.

이제 막 해가 떨어지려고 하는 모습을 보니 한국과 시차가 제법 있는 곳으로 보였지만 현중은 오히려 이런 곳이 더 마음에 드는 듯했다.

"테른."

―네, 마스터.

현중이 부르자 그림자에서 튀어나온 테른은 잠들어 있는 레이스를 보더니 별말 없이 자신의 아공간에서 주섬주섬 뭔가를 꺼냈다.

그것은 의외로 캠핑도구들이었다.

테른은 그 자리에서 8인용 텐트와 함께 간이탁자도 펼치고 바비큐를 할 수 있는 통과 커다란 아이스박스까지 꺼내놓았다.

"너, 캠핑 가고 싶었냐?"

캠핑 용품 판매 전시장을 보는 듯한 모습에 현중이 한마디 하자,

―유비무환이라는 말이 있더군요. 혹시나 몰라 준비했던 것입니다.

물론 유비무환이란 말이 있다. 하지만 지금 테른의 행동은 잘못되었다기보다는 너무 과하다는 게 문제라면 문제다.

거기다 텐트 안에는 레이스를 위한 아담한 침대와 현중이 잘 수 있는 성인용 침대, 그리고 커다란 LCD TV까지 한쪽에 자리 잡고 있었다.

"이 정도면 호텔 수준이군."

텐트로 만들었을 뿐이지 호텔과 별다를 게 없었다. 마법으로 온도는 언제나 피부가 시원하게 느낄 수 있도록 유지되었고, 통풍은 온도가 있기 때문에 자연스럽게 해결되었다.

거기다 커다란 아이스박스에도 마법을 걸었는지 아이스박
스를 열자 그 안에는 통돼지 한 마리가 웃으면서 배를 벌리고
누워 있는 모습에 현중은 웃을 수밖에 없었다.

그뿐이랴? 돼지고기부터 소시지에 야채는 기본이고 과일
도 종류별로 모두 모여 있는 게 지금 이곳에서 살고자 한다면
한 달 동안 먹고 놀아도 음식이 남아돌 만큼 엄청난 물량이
아이스박스 안에 들어 있는 것이다.

"휴가라도 한번 보내줘야겠군."

현중은 정말 모든 일이 끝나면 테른에게 쉬다 올 수 있게
휴가를 보내줘야겠다고 다짐했다.

끼익~

안마 의자처럼 생겼고 목 받침까지 있는 나름 고급스러운
비치 의자에 앉자 약한 금속성이 현중의 귀를 간질였다.

하지만 그런 것보다 현중의 시선은 푸른 파도가 넘실대는
해변을 보는 것에 더 만족해했다.

"그러고 보니 이렇게 느긋하게 바다를 보는 게 처음인 것
같다."

현중이 수평선을 바라보면서 해가 떨어지고 있는 모습에
시선을 두고 한마디 하자,

―그렇습니다.

무미건조한 테른의 대답이었지만 지금의 현중은 그것조차

나름 괜찮게 느껴졌다.

"그냥 이런 무인도에 조용히 살까?"

이런 생활이 이상하게 편안하면서도 마음에 안정을 주는 것 같은 느낌에 현중은 자신도 모르게 한 말이었지만 스스로도 괜찮다고 생각하는 중이다.

—마스터께서 원하신다면 안 될 게 없습니다.

"그렇겠지?"

그렇다. 현중은 원한다면 모든 걸 가질 수 있는 위치에 있었고 힘이 있지만, 현중은 그런 것에 관심이 없다.

"뭐 이런 곳에서 조용히 살면서 세월을 잊고 지내는 것도 괜찮겠지."

드래곤과 함께 살았던 시간이 많아서 그런지 은근히 현중은 사람들과 부딪치면서 살아가는 삶이 뭔가 불편했다.

철저히 개인플레이를 하는 드래곤들은 혼자 지내는 것을 좋아하고, 현중처럼 사색을 즐기거나 가끔 유희를 떠나거나 하는 것 정도가 전부였다.

그 외 시간은 모두 자신이 처음에 정한 레어에서 지내는 것이 대부분이다.

그리고 그 레어에서 죽음을 맞이해 다시 마나의 품으로 돌아가는 것을 가장 평범하게 죽는 것으로 생각하는 게 드래곤이다.

─이곳에서 때를 기다리시겠습니까?

테른은 현중이 이곳을 마음에 들어하는 것 같아서 조용히 말했지만 현중은 고개를 흔들면서,

"아니. 레이스가 일어나면 다시 움직여야지."

─마스터, 너무 응석을 받아주는 것이 아닌지 조금 걱정스럽습니다.

"너의 눈에 그렇게 보이던가?"

─네.

현중은 테른의 눈에도 그렇게 보였다는 것에 고개를 작게 끄덕이고는 반쯤 수평선으로 사라진 태양을 보면서,

"태어나 한 번도 응석이란 것을 부려본 적이 없는 아이다."

─알고 있습니다.

"테른, 세상에 혼자라는 느낌이 어떤 건지 너는 알고 있겠지?"

현중의 질문에 테른도 잠시 입을 다물었다가,

─알고 있습니다. 저도 최후의 혈족이니까요.

"레이스도 같애. 너나 나와 같이 세상에 혼자야."

─하지만 베이스퍼도 있고 공식적으로 낳아준 부모도 있습니다.

논리적으로 따지면 테른의 말이 맞았지만 현중은 오히려

그런 테른을 보면서 자신의 가슴을 손가락으로 톡톡 두드렸다.

"여기가 혼자라는 거다, 여기가."

처음에는 현중의 말을 이해하지 못한 테른은 막연히 모든 혈족이 죽고 자신 혼자만 살아남았다고 느꼈을 때의 기분이 갑자기 되살아났다.

뭔가 시리면서도 가슴에 구멍이 뚫린 듯 휑한 기분 말이다. 다시는 절대로 겪고 싶지 않은 기분이기도 했다.

"레이스와 난 같아. 인간이면서도 인간이 아닌, 아니, 인간으로 태어났지만 인간들에게 인간 이상으로 취급되는 그런 인간 말이다."

현중의 말을 들은 테른은 잠시 텐트 쪽을 바라보다가,

—그래서 바로슈 백작은 마스터의 고집을 이해하지 못하는 거군요.

"뭐 그런 셈이지. 그녀는 강해. 하지만 강할 뿐 인간이지. 하지만 난? 이미 인간의 수준을 넘어버렸지. 그것도 여러 번 말이야."

—마스터, 아직도 스스로의 본질에 대한 확신이 없으십니까?

테른은 아직도 현중이 자신이 아직 인간이라는 것을 받아들이지 않고 있다고 생각했다. 하지만 현중은 그런 테른의 말

에 고개를 저으면서,

"아니. 확신을 가지고 있어. 인간이라는 것에 말이야. 하지만 그게 기간이 정해져 있는 인간의 몸이라는 것이 문제겠지."

—…….

테른은 현중의 말에 입을 굳게 다물어 버렸다. 이번만큼은 현중의 말이 다 맞았으니 말이다. 다만 이건 아니라고 말하고 싶은 것을 억지로 참을 뿐이었다.

첨벙~

"……?"

테른과의 대화가 끝나고 다시 조용히 침묵 속에 현중이 수평선으로 사라지는 해를 바라보고 있는데 귓가에 무슨 소리가 들렸다.

첨벙~ 첨벙~

소리가 들리기에 고개를 돌려보니 그곳에 환하게 웃는 얼굴로 현중을 바라보고 있는 메로우가 있는 것이 아닌가.

"오랜만이네요."

"그렇군요. 그리고 완전히 입으로 말하는 것에 익숙해지셨군요."

군더더기 없는 메로우의 말투와 모습에 현중이 나직이 웃으면서 말하자 메로우도 웃으면서,

"노래를 부르니 자연스럽게 되더군요. 그보다 잠시만요."

힘겹게 모래 위로 올라온 메로우는 슬쩍 뒤로 눕더니 다리 부분의 꼬리지느러미를 들어 몇 번 흔들었다. 그러자 뭔가 벗겨지듯 평범한 사람의 다리로 변했다.

"오랜만에 뭍으로 올라오는 거라 시간이 걸리네요."

메로우는 방금 물속에서 나왔다는 것을 증명하듯 바닷물에 젖어 있는 머리칼을 찰랑거렸다.

눈부신 나체를 현중 앞에 고스란히 보이면서도 전혀 부끄러움이 없어 보였다. 현중도 굳이 그런 것에 연연하진 않지만,

"뭐라도 걸쳐야 하지 않겠어요?"

라는 말과 함께 일어서더니 텐트 안에 들어가서 성인용 목욕 가운을 가지고 나와 메로우에게 넘겨줬다.

"고마워요."

그리고는 익숙하게 목욕 가운을 걸치긴 했는데, 어째 그 모습이 더 야릇하면서도 요염하게 느껴지는 이유는 뭔지 현중 스스로도 이해가 가지 않았다.

다만 보일 듯 말 듯 하는 그런 것이 더욱 남자의 본능을 자극한다는 것이 사실일지도 모른다고 생각했다.

"여기는 어쩐 일이에요?"

현중이 묻자 메로우는 목욕 가운을 입은 채 모래 위에 드러누우면서,

"어제 별의 노래를 들었어요. 이곳으로 오면 반가운 사람을 만나게 될 것이라고 하더군요. 그런데 와보니 정말 현중 씨가 있네요. 거기다 작은 꼬마 아가씨도 함께요."

메로우와 레이스는 한때 같은 곳에서 머문 적이 있으니 이미 서로 안면이 있는 사이다.

"여행은 즐겁나요?"

현중이 무단으로 메로우를 바다로 보내준 것 때문에 마리아는 제법 골치를 썩였지만 현중은 그것까지는 몰랐다.

"즐거워요. 오염된 바다도 있고, 엄청나게 큰 쓰레기로 만들어진 섬도 봤어요. 처음에는 그걸 보고 실망했지만 그 속에서 새로운 생명들이 다시 태어나는 것을 보고는 위안을 받기도 했구요. 아직 바다는 죽지 않았구나 하는 생각도 했어요."

활짝 웃고 있는 메로우의 얼굴을 보니 그리 나쁜 여행은 아니었나 보다.

"그런데 현중 씨는 왜 이곳에 있어요? 저처럼 여행인가요?"

텐트부터 시작해 누가 봐도 작정하고 무인도에 여행 온 것으로 충분히 오해할 만한 상황이다. 그런데 현중은 슬쩍 텐트

에서 자고 있는 레이스를 보고는,

"작은 아가씨와 함께 추억 만들기 하고 있는 중입니다."

"추억 만들기요?"

메로우는 현중의 대답에 눈을 초롱초롱하게 뜨고 바라보더니,

"그 추억 만들기에 제가 들어가도 괜찮을까요?"

같은 여행이라도 추억 만들기라는 단어가 들어가자 왠지 해보고 싶은 모양이다. 현중에겐 일행이 한 명이든 두 명이든 크게 상관은 없기에,

"저는 상관없지만 좀 더 바다에 있는 것을 좋아할 것으로 생각했는데요."

"괜찮아요. 이미 지구의 오대양을 다 살펴봤어요. 인간들은 지구를 정복했다는 식으로 말하지만 사실 알고 보면 바다에 대해서는 1%도 제대로 알고 있지 않더군요. 뭐, 그만큼 저도 안심을 했지만 말이죠."

메로우의 말이 맞긴 했다. 인간은 지구를 정복했다고 하지만 그건 땅 위에서나 가능한 것이고, 실제로 지구의 70%는 물이다. 그리고 그 물의 주 배경은 바다이고 말이다.

하지만 인간은 겨우 지구의 30%밖에 되지 않는 땅 위에서 설치면서 지구를 정복했다고 떠드는 것이다.

실제로 바다에는 뭐가 있는지 그 누구도 제대로 알지 못하

면서 말이다. 하지만 모른다는 것은 그만큼 아직 인간의 손이 닿지 않았다는 뜻도 되기에 아마 메로우가 안심하고 있는지도 모른다.

"메로우는 인간의 힘이 바다에까지 닿지 않았으면 하는군요."

"들켰나요?"

배시시 웃으면서 현중에게 살짝 혀를 내밀어 보이는 모습에 현중도 같이 웃어주었다.

"그냥 제 바람이죠. 아직은 괜찮아요. 바다 스스로가 견딜 수 있으니까요. 하지만 인간의 손길이 바다 깊은 곳까지 닿게 되면 아마 그때는 바다 스스로가 자신을 포기하게 될 거예요."

뭔가 어려운 말이기도 했지만 현중은 고개를 끄덕이면서,

"멸종하게 되겠군요, 바다가 스스로를 포기하게 되면 지구에 살아 있는 모든 생명체들은."

가장 단순하게 나오는 결론이다. 바다가 스스로를 포기하게 되면 더 이상 지구에 생명체가 살아남을 수 없었다. 모든 생명의 기본이 물이고, 그 물은 바다에 있으니 말이다.

"후훗. 하지만 아직은 괜찮아요. 아직은 인간의 손길이 닿

지 않은 곳이 있거든요."

메로우가 말하는 곳이 어딘지 현중은 알지 못했다. 아마 메로우 본인만 아는 어딘가일 것이다.

"그보다… 여자 옷은 없나요?"

메로우가 현중을 보면서 물어보자 현중도 순간 아차 했다. 그렇게 돌아다니면서 레이스의 옷 한 벌 사지 않은 것이다. 처음에 옷가방을 보면서 가자마자 옷 좀 사서 입혀야겠다고 생각해 놓고는 이런저런 응석을 받아주다 보니 현중도 깜빡한 것이다.

"없나 보군요."

현중의 표정에서 눈치챈 메로우는,

"뭐 그건 됐지만, 불청객인데 제가 잘 침대는 있나요?"

"테른."

현중이 메로우의 질문에 바로 테른을 부르자,

―이미 준비했습니다.

눈치 빠른 테른이 메로우의 침대를 바로 아공간에서 꺼내 레이스의 자리 옆에 놓은 상태였다.

"테른."

―네, 마스터.

"너 아공간에 도대체 침대를 몇 개나 넣고 다니냐?"

이건 뭐 도깨비 방망이도 아니고 원하면 그냥 쑥쑥 나오니

말이다. 아공간은 말 그대로 커다란 주머니지 무엇이든 찍어
내는 요술 방망이는 아니었다.

하지만 테른 이 녀석은 도대체 유비무환을 어디까지 이해
하고 준비한 것인지 솔직히 이제는 궁금했다.

―아직 열 개 정도 남았습니다.

"모두 성인용이냐?"

―반반입니다.

"그래, 알았다."

테른의 준비성에 결국 현중도 포기해 버렸다.

"고마워요~"

메로우는 반대로 테른에게 윙크까지 날리면서 인사했지만
표정의 변화가 없자,

"이상하네. 뱃사람들은 내가 윙크하면 물속으로 뛰어들어
나에게 오려고 애쓰던데 테른 씨는 안 그러나요?"

―전 인간이 아닙니다.

"어머, 그래요? 어쩐지."

뭔가 짐작하는 게 있는지 메로우는 별말 없이 텐트 안으로
들어가더니 침대에 누워서는 잠들어 버렸다.

하지만 현중은 미간을 찡그리고는,

"뱃사람 여럿 잡았나 보군."

인어는 사람을 홀려 물속으로 끌어들여 죽인다는 전설이

있지만 설마 진짜일 줄은 몰랐다. 그런데 노래가 아니라 윙크를 해서 뱃사람을 미치게 했다는 말에서,

"역시 드래곤급이라서 그런가."

라고 생각할 뿐이다.

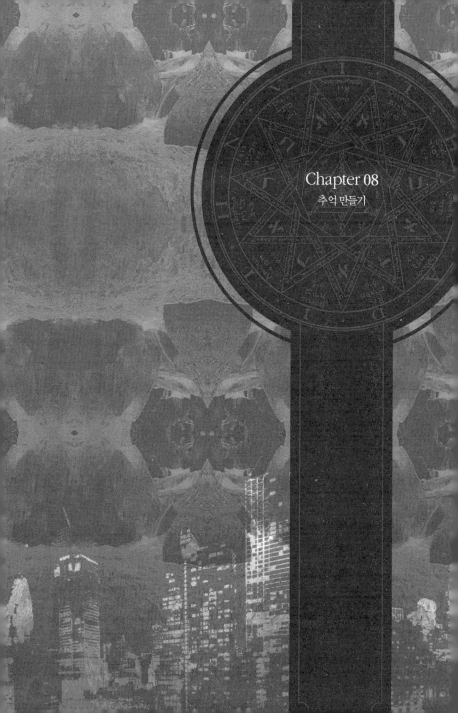

Chapter 08
추억 만들기

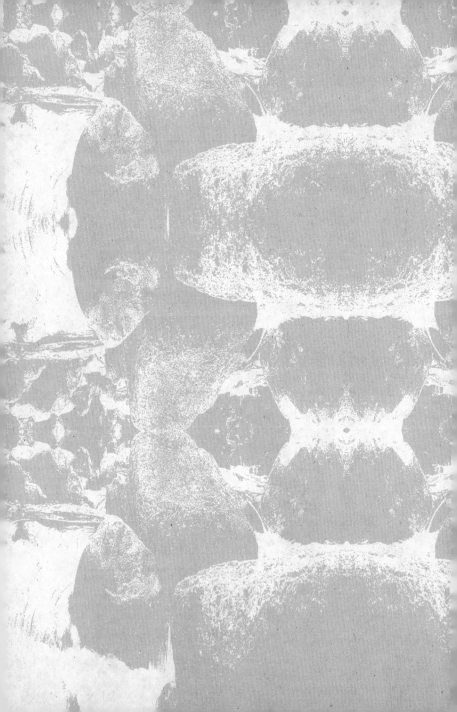

벌써 5일째다.

"현중! 저거!"

레이스가 가리키는 손가락 끝을 보니 삼각형의 지느러미가 솟아 있는 것이 웬만한 사람은 다 아는 상어였다.

"상어야."

현중이 레이스가 알고 싶은 것에 대답을 해주자 레이스는 단번에,

"저거 맛있어?"

"음⋯⋯."

솔직히 현중은 상어를 먹어본 적이 없다. 그만큼 부유하게 살아온 적이 없으니 말이다.

하지만 항간에 듣기로 상어지느러미인 샥스핀은 아무 맛이 없다고 들었다. 다만 샥스핀이 맛있는 것은 그것을 조리할 때 첨가하는 양념을 샥스핀이 스펀지처럼 빨아들이기에 맛있다고 하는 말을 들은 기억이 있어서,

"맛없다고 하던데."

"그래?"

현중의 말에 살짝 실망한 듯한 레이스는 조용히 작게,

"맛있어 보이는데."

"…저게?"

"할아버지가 그랬어. 고기는 클수록 맛있다고."

아주 이차원적인 답변을 레이스의 기억 속에 남게 해준 베이스퍼에게 참으로 감사해하는 현중이었다.

이처럼 현재 레이스가 가지고 있는 상식의 제공자가 바로 베이스퍼라는 것을 알게 된 것이 바로 어제다.

무인도를 레이스도 좋아하기에 며칠 더 묵기로 했다. 숙박에 전혀 문제가 없으니 현중도 흔쾌히 있기로 했는데, 이 기회에 현중은 레이스와 여러 가지 대화를 했고, 그러면서 어째서 레이스가 한 번씩 애늙은이 같은 말을 하면서도 때론 너무나 천진한 모습도 보이는지 이유를 알게 되었다.

그 범인은 바로 베이스퍼인 것이다. 베이스퍼는 마냥 어리게 보이는 손녀이기에 물어보는 것마다 대답을 잘해주었다고 한다.

하지만 그것도 한두 번이지 어린애의 호기심은 끝이 없는 법이다. 미래를 볼 줄 안다고 해서 책을 읽지 않아도 되는 것은 아니니 말이다.

결국 늙은 나이에 오직 평생 검만 바라보고 살아온 베이스퍼라고 해도 레이스의 질문 공세에 처음의 진지하면서도 자세한 답변은 사라져 버렸고, 나중에는 아주 단순하면서도 이차원적인 답변만 했다고 한다.

그리고 순진한 레이스는 그 베이스퍼가 해준 것이 정말 맞다고 믿고 있고 말이다.

그게 뭐고 하니, 한번은 레이스가 TV를 보면서 어떤 물고기가 가장 맛있냐고 물은 적이 있었다.

그런데 때마침 참치에 대해서 이야기가 나오고 있는 도중이었기에 베이스퍼는 대뜸,

"물고기는 클수록 맛있단다."

"정말?"

"그래. 저기 저거 보이지? 저것이 참치라는 물고기인데 세계에서 가장 인기가 많은 물고기지. 그리고 지금 우리가 먹고 있는 이것도 참치란다."

라면서 참치 캔을 들어 보여주었다.

문제는 그 순간 레이스의 머릿속에 맛있는 물고기는 무조건 큰 물고기라는 황당한 공식이 성립된 것이다.

이러니 지금 10미터 깊이 정도는 훤히 보이는 이곳 해변에서 커다란 덩치를 자랑하면서 해변을 유유자적 헤엄치고 다니는 상어는 레이스의 눈에는 오로지 맛있는 물고기로만 보였다.

베이스퍼는 어린애들 교육에 좋다는 어린이 교육용 책만 보고 그대로 레이스를 가르쳤고, 그 결과물이 바로 현재의 레이스였다.

누가 말했던가? 책에 있는 지식은 죽은 지식이라고 말이다. 현중은 그때 베이스퍼를 향해 한소리 하고 싶었다. 손녀를 이렇게 키우고 싶었냐고 말이다.

한동안 같이 생활을 해본 현중이 느낀 레이스는 정말 여러 가지로 손이 많이 가는 아이인 것은 확실했다.

"궁금하다. 어떻게 생겼는지."

마치 잡아달라는 듯 슬쩍 현중의 옆으로 와서는 몸을 비비면서 나름 애교를 부렸지만 현중은 먹지도 않을 것을 잡을 생각이 없었고, 상어의 외관상 레이스는 거의 100% 충격을 받을 것이 확실하기에 일부러 모른 체했다.

그런데 그때 뒤에서 가만히 앉아 있던 메로우가,

"그럼 가까이 불러줄까?"

"응~!"

미련없이 현중의 다리를 떠나 메로우의 다리에 가서 찰싹 달라붙어 버리는 레이스의 모습에 현중은 웃을 수밖에 없었다. 여자의 마음보다 더 갈대 같은 게 바로 어린애 마음인 것이다.

"기다려 봐."

레이스를 모래 위에 남겨둔 메로우는 그대로 물속으로 걸어 들어가더니 허리쯤 오는 위치에서 멈춰 섰다.

"흐읍~"

그리고 가슴 깊이 숨을 들이마시고는 노래를 부르기 시작했는데 도저히 인간의 입에서 나올 법한 소리가 아니었다.

노래와 함께 메로우의 몸에서 미세한 마나가 흘러나와 바다로 퍼지는 것을 현중은 볼 수 있었다.

메로우의 몸에서 흘러나온 마나는 천천히 바다 표면을 타고 흘러 퍼지더니 곧 메로우의 노래에 반응하듯 움직이기 시작했다.

메로우의 목소리가 높아지면 마나의 영향을 받은 파도가 높이 솟았고, 반대로 메로우의 목소리가 낮아지면 아무리 높은 파도라도 쥐 죽은 듯 가라앉아 버렸다.

그렇게 10분가량의 엄청 긴 노래가 끝나자 놀랍게도 메로

우 주변으로 수십 종류의 물고기가 배회하듯 노닐고 있는 것
이다.

그중에서 아까 본 상어도 포함되어 있었다.

"이제 들어와도 괜찮아."

메로우의 허락이 떨어지자 레이스는 곧장 그대로 물속으
로 뛰어들더니 메로우 곁으로 가서는 물고기를 슬쩍 건드려
보기도 하고 잡아보려고도 했다.

하지만 워낙 빠른 물고기를 어린애가 잡는 게 가능할 리가
없다.

상어만큼은 워낙 크기가 크고 사냥할 때 외에는 거의 유영
하듯 헤엄치는 속도가 느릿하다 보니 만져보는 것이 그리 어
렵지 않았고, 현중의 예상과 달리 레이스는 상어를 보고도 놀
라거나 무서워하지 않았다.

다만 상어를 만지고 나서 레이스는,

"아파. 너무 거칠어."

사포와 비슷한 상어의 몸체 껍질 때문인 듯 한번 만져 보고
는 금방 흥미를 잃어버렸다. 오히려 작고 화려한 물고기에 정
신을 빼앗겼다.

레이스가 좋아하자 메로우도 기분이 좋은지 또다시 노래
한 곡을 더 불렀고, 한동안 그렇게 물가에서 재미있게 놀았
다.

하지만,

"맛있어."

레이스가 양손에 들고 맛있게 먹고 있는 물고기는 조금 전에 메로우의 노래에 이끌려 왔던 물고기 중 하나를 우연히 레이스가 잡은 것으로, 천진하게 웃는 얼굴로 물 밖으로 나온 메로우는 그걸 꼬챙이에 끼우더니 바로 구워 버렸다.

"오늘 새로운 걸 하나 배웠어."

"응?"

현중은 갑자기 레이스가 뭔가 이뤘다는 듯 뿌듯한 얼굴로 현중을 향해 자신있게 말하는 모습에 대답하자,

"예쁜 물고기도 맛있어."

"…그래……."

순간, 아주 잠깐이지만 베이스퍼가 왜 레이스의 질문에 이차원적인 대답을 했는지 공감하는 현중이다.

틀렸다고 하기도 애매하고, 그렇다고 완전히 맞는 대답도 아니다. 그런데 결국 선택은 애매해도 맞는다는 쪽으로 기우는 것이다.

그 결과 현중도 베이스퍼와 같은 이차원적인 대답으로 레이스에게 한 가지 지식을 더 심어주게 되었다.

"역시 예쁜 물고기도 큰 물고기만큼 맛있다."

베이스퍼와 다른 게 있다면 큰 물고기에서 '예쁜 물고기

도' 라는 단어를 추가시켜 주었다.

뭐 처음이야 무인도의 새로운 환경에 놀 거리도 찾고, 해변을 기어 다니는 자그마한 게를 따라다니는 것도 재미있지만, 그것도 금방 시들해진 듯 레이스는 하품을 하면서 현중에게 왔다.

"현중."

"왜?"

"놀이공원 가자."

역시나 애들은 싫증을 금방 느낀다. 특히나 무료한 무인도 생활에서는 더더욱 금방 질리는 게 당연했다. 매일 똑같은 풍경에 똑같은 모습만 보이니 말이다.

"그래, 어차피 레이스 옷도 좀 사려고 했으니까."

"옷!!"

갑자기 눈빛을 반짝이면서 현중을 바라본 레이스는,

"나 새 옷 입어도 돼?"

누가 들으면 신데렐라로 키운 줄 알겠지만 현중은 그러려니 하는 생각으로 고개를 끄덕였고,

"메로우도 추리닝은 이제 지겹죠?"

"그러네요."

남자용 시커먼 등산용 추리닝 바지에 운동 셔츠를 입고 있는 메로우도 내심 기다렸다는 듯 대답했다.

사실 테른의 유비무환은 정말 완벽했다. 모든 것이 완벽해 보였다. 딱 하나만 빼고 말이다.

현중을 중심으로 생각하다 보니 남자 용품은 옷부터 무엇 하나 부족한 게 없지만 딱 하나 없는 게 있었는데 바로 여자가 입을 옷이었다.

나이를 떠나 남자인 현중을 중심으로 생각하고 움직였으니 가장 단순한 여자용 물품이 하나도 없었다.

다른 것은 어떻게든 남녀 같이 써도 상관없다지만 옷만큼은 그게 안 되는 것이다. 거기다 메로우는 현재 속옷도 없이 추리닝 바지와 셔츠만 입고 며칠째 섬에서 머물고 있는 중이다.

어차피 테른이 원할 때마다 클린 마법으로 세탁과 샤워를 동시에 한 것 같은 효과를 주긴 하지만 그것도 한계가 있다.

아무리 깨끗해도 추리닝 바지가 치마가 될 순 없으니 말이다.

다만 이 여행의 목적이 레이스의 추억 만들기였기에 현중과 메로우는 레이스가 지겨워하기만을 기다리고 있을 뿐이다.

뭐 이동하는 것은 너무나 간단했다. 현중이 귀여운 미녀와 아리따운 미녀를 양손에 잡고 순간이동 하는 것이다.

다만 테른은 남아서 뒷정리를 해야 했지만 그것도 너무나 간단했다.

휙! 휙! 휙

임시로 사용할 아공간 입구를 크게 만들어놓고는 짚이는 대로 그대로 아공간에 집어 던졌다.

얼핏 보면 화가 나서 그러는 것 같지만 그게 아니라 집어 던지면서 해변의 모래를 분리하는 아주 고난이도 기술을 쓰고 있는 것인데 얼핏 보기에는 다 떠나고 혼자 뒷정리하는 것이 못마땅한 테른의 화풀이로 보였다.

        *   *   *

"와! 또 여기네!"

현중은 옷을 사자는 생각에 이동했는데 어째 또 도착한 곳이 바로 대동그룹의 본사 건물 옥상이었다.

다만 첫 번째와 다른 것이 있다면 그때는 해가 져서 땅거미가 질 무렵이었고, 지금은 해가 조금씩 고개를 내미는 아침 시간이었다.

레이스야 왔던 데 또 와도 즐거워하는 것 같지만 현중은 자신의 발을 한번 쳐다보면서,

"왜 자꾸 이곳으로 오는 거지?"

구체적으로 목적지를 정하지 않으면 대동그룹 본사의 옥

상으로 온다는 것은 뭔가 이상했다.

한 번은 우연이지만 두 번은 필연이라는 말이 있기에 현중은 뭔가 찝찝한 기분을 지울 수 없었다.

그렇다고 뭔가 문제가 있거나, 현중의 몸에 이상이 있는 것도 아니었기에 더욱 찝찝했다.

"현중!!"

그런 혼자만의 생각을 하던 현중의 상념을 깨운 것은 레이스였다.

"응?"

자신의 발을 보던 현중이 고개를 들어 레이스를 바라보자,

"떡볶이 먹자!"

"…저번에는 김치더니 이번에는 떡볶이구나."

어차피 가는 길에 옷도 사면 된다는 판단에 현중이 고개를 끄덕이자 이번에는 그때와 달리 레이스가 현중에게 다가오더니,

"나 알아."

"뭘 안다는 거니?"

"진짜 기똥차게 맛있게 떡볶이 하는 곳을 알아."

순간 현중은 떡볶이라는 말에 신당동이 떠올랐지만 그건 너무 유명세를 타서 실제로 사람들의 호불호가 극명하게 갈리는 경우가 많았다.

물론 현중도 나름 기억에 남는 떡볶이 가게가 있지만 지금도 장사를 할지는 의문이었다.

"따라와."

이번에는 아주 자신만만하게 한 걸음 앞장서서 익숙하게 옥상 문을 열고 내려가는 레이스를 따라 현중과 메로우도 따라 걸었다.

그리고 정확하게 출근 시간에 맞춰서 내려오는 바람에 또다시 현중은 모든 직원과 인사를 해야만 했다.

그중에는 사장인 오희연도 포함되어 있었지만 후줄근한 차림의 메로우를 한번 보더니 한숨짓고는 현중에게 인사하고 가버렸다.

얼굴은 대동그룹의 회장인 김현중이 맞는데 주변이 좀 그랬다. 특히나 무릎 나온 후줄근한 추리닝 바지와 몸집보다 두 배는 큰 티셔츠 차림의 메로우는 누가 봐도 집 나온 노숙자로 오해할 만했다.

다만 현중과 같이 있기에 다들 인사하고 그냥 조용히 넘어갈 뿐이었다.

"하아⋯⋯."

메로우는 대동그룹 건물을 나오자마자 한숨을 쉬더니,

"제 옷차림이 그렇게 이상한가요?"

메로우는 인어다. 마음으로 대화를 할 수 있는 능력을 가지고 있었고, 그렇기에 사람들의 마음을 그대로 느낄 수 있는 것이다.

현중이야 워낙에 괴짜 같은 성격이라 유명해서 그러려니 했지만 메로우는 이들에게도 나름 신선한 충격이었다.

"인간은 겉치레를 중요하게 생각하는 편이죠. 특히 여기 대한민국은 그게 좀 심한 편이니 신경 쓰지 마세요."

"그래요? 인간은 참… 어렵군요."

메로우는 일반적인 사람들의 눈길보다 현중의 한마디가 더욱 믿음이 가는 듯 바로 조금 전에 한숨을 털어버렸다.

현중은 그런 메로우의 모습에 웃으면서도 한편으로는 씁쓸했다.

"겨우 옷차림으로 지구의 바다를 움직일 수 있는 인어를 몰라보다니 말이야."

보통 사람들이야 그걸 알 리가 없으니 어쩌면 당연하다는 생각에 현중도 그러려니 했다. 그런데 레이스가 자신있게 안내해서 거의 한 시간가량 걸어서 도착한 떡볶이 가게는 커다란 셔터가 내려진 채 엄청 큰 글씨로 이렇게 쓰여 있었다.

영업은 낮 12시부터~

"이상하다. 내가 왔을 때는 사람 많았는데."

아직 한글은 읽지 못하는 레이스는 지금 정면에 커다랗게 쓰인 안내 문구를 봐도 알지 못했다. 결국 일행은 현중의 설명을 듣고서야 납득하고는 우선 옷부터 사기로 했다.

하지만 아침 출근 시간에 문 여는 옷가게가 있을 리가 없다.

결국 현중이 힘없이 걸어가는 레이스의 모습에,

"미국으로 가서 옷 살까?"

지구의 반대편이고 한국과 시간이 반대이기에 가면 바로 살 수 있을 거라는 생각에 물어보자,

도리도리~

즉각 고개를 세차게 저었다.

"싫어. 거긴 안 가."

"가기 싫어?"

"응."

"왜?"

"거기는 엄마 아빠가 살아. 그래서 싫어. 엄마랑 아빠… 나무지 싫어해."

멈칫.

순간 현중은 자신도 모르게 실수한 것이다. 베이스퍼가 왜 레이스를 맡아야 했는지 듣고서도 깜빡하고 물어본 것이다.

아무리 레이스가 어리다고 해도 본능적으로 싫어하는지

좋아하는지 정도는 알 수 있었다. 오히려 그렇기에 더욱 민감하게 반응할지도 모른다는 것을 잠시 잊어버린 것이다.

"미안하다."

현중이 레이스의 머리를 쓰다듬으면서 사과하자,

"괜찮아. 안 가면 되니까."

또랑또랑한 눈동자로 현중을 향해 말하는 모습에 현중은 씁쓸했다.

부모가 자식을 싫어하는 게 얼마나 무서운 건지 아직 레이스는 모르고 있는 것이다. 그저 누군가가 싫어하는구나 하는 정도로 받아들이고 있는 것이다.

친하게 지내던 친구도 싸우거나 싫어지면 안 가는 경우가 많은 게 애들이다. 레이스는 부모가 싫어하는 것을 막연히 그렇게 이해하고 생각하고 있는 것이다.

엄밀히 말하자면 레이스는 부모에게 버려진 것이나 다름없었다. 하지만 그걸 몰랐다.

일반적으로 사람과 부딪치면서 알게 되는 상식은 거의 전무하다시피 한 레이스였으니 어쩌면 지금 같은 모습이 당연할지도 몰랐다.

결국 실수로 미국이란 말을 먼저 꺼내 버린 현중 때문에 일행은 다시 공원에서 각자 손에 아이스크림을 하나씩 들고 벤치에 앉아 있었다.

아침 운동을 하는 사람들과 늦은 출근을 하는 사람, 학교를 가는 어린애까지 수많은 사람들이 지나갔지만 그 누구도 메로우를 한 번은 꼭 보고 지나갔다.

그중에 한 중학생으로 보이는 어린애는 메로우를 보면서,

"와, 진짜 끝내주게 예쁜 외국 여자 꽃거지다."

라는 말은 남겼지만 현중은 일부러 모른 체했고, 메로우는 꽃거지가 무슨 말인지 몰랐다.

그런데 옆에 아이스크림 먹던 레이스가 꽃이라는 단어를 알아들었는지 메로우를 향해 엄지손가락을 치켜세워 보이면서,

"메로우 보고 꽃이래, 꽃. 예쁜 꽃."

이라고 해석해 줬다. 무지가 얼마나 무서운 오해를 불러오는지 단편적으로 보여주는 모습에 현중은 애써 웃음을 참으면서 진정시키느라 잠시 애 좀 먹어야만 했다.

레이스의 말을 들은 메로우는 나름 만족했다. 그리고 현중은 그냥 좋은 것이 좋은 거라고 혼자 생각하면서 끝까지 꽃거지가 뭔지 말해주지 않았다.

그런데 현중에게만은 그러한 시선이 몰려들지 않았다. 오히려 반대로 한번 말이라도 붙여보고 싶다는 눈길은 많았다.

하지만 국내에서 절대로 찾아볼 수 없는 외국인 꽃거지인 메로우의 포스로 아쉬운 발걸음을 돌리는 사람들이 대부분이

었다.

그리고 레이스는 꽃이라는 단어를 듣고 생각났는지 노래를 흥얼거리기 시작했는데,

"빨간 꽃~ 하얀 꽃~ 꽃밭 가득 피어도~ 하얀 나비~ 꽃나비~ 담장 위에 날아도~ 따스한 봄바람이 불고 또 불어도~ 물레는 잘도 도네~ 돌아가네~ 빨간 꽃~ 하얀 꽃……."

가만히 듣고 보니 사계 중에서 봄에 해당하는 노래다. 물론 본래는 경쾌한 봄을 상징하는 노래지만 한국에서는 조금 다른 느낌으로 불린 노래다.

노동력 착취로 인해 노동자들이 죽을 때까지 일한다는 것을 은유적으로 표현해서 한때 금지시켰던 슬픈 노래이기도 하다.

물론 이건 한국에만 해당하지만 말이다.

그런데 이 상황에 더 웃긴 건,

"빨간 꽃~ 하얀 꽃~ 꽃밭 가득 피어도~"

라며 메로우가 조금씩 따라 부르기 시작한 것이다.

레이스가 아무 의미 없이 꽃이라는 단어에 자기가 알고 있는 노래를 흥얼거렸을 뿐인데 음률이 묘하게 듣기에 좋고 외우기 쉬운 편이라 그런지 금방 따라 했다.

탁, 탁.

"……?"

그런데 놀랍게도 메로우가 레이스의 노래를 따라 부르자 바로 앞의 꽃 봉오리가 열리며 천천히 꽃을 피우기 시작했다. 마치 메로우의 노래에 대답이라도 하듯 말이다.

탁~ 탁~ 부스럭.

그리고 꽃을 피운 것은 하나가 아니었다. 메로우의 정면에 있던 꽃을 시작으로 조금씩 퍼지더니 정확하게 현중과 메로우, 그리고 레이스가 앉아 있는 벤치를 중심으로 반경 1미터 내에 있는 꽃이 활짝 꽃봉오리를 피웠다.

마치 광고 촬영용으로 컴퓨터 그래픽을 입힌 것처럼 말이다.

"고마워~"

메로우가 마치 꽃과 이야기를 하듯 한마디 감사 인사를 끝으로 노래를 끝내자,

부스럭부스럭.

천천히 다시 봉오리를 오므리더니 처음에 피어나지 않았던 상태 그대로 되돌아가 버렸다.

정확하게 메로우의 노래가 진행되는 동안만 꽃이 피었다가 돌아간 것이다. 마치 때를 알 듯.

"……."

레이스는 메로우의 능력을 보고는 엄지손가락을 치켜세우면서,

"메로우는 역시 끝내주게 예쁜 외국 여자 꽃거지야!"

조금 전 지나가면서 중학생이 했던 말을 그대로 따라 하면서 치켜세웠다. 순간,

"풋!"

현중은 입으로 터져 나오는 웃음을 가까스로 추스르면서 하늘을 한번 봤다.

뭔가 아주 경건했던 분위기가 레이스의 단 한마디로 완전히 날아가 버렸고, 현중은 꽃거지가 뭔지 정말 알려줘야 하나, 아니면 이대로 그냥 무시해야 되는지를 심각하게 고민했다.

그러다 문득 지금 앉아 있는 곳에서 눈에 익숙한 건물 하나가 보였다.

"아……."

바로 천산백화점으로, 백화점 오픈 시간이 오전 10시를 조금 넘긴 후란 것을 기억해 낸 현중은 벌떡 일어섰다.

"가자. 옷 사러."

"웅!"

레이스는 기다렸다는 듯 폴짝 벤치에서 뛰어내렸고, 메로우도 조용히 일어섰다. 현중은 그들을 데리고 천산백화점으로 향했다.

현재 국내에서 가장 고가의 제품만 판다고 알려진 곳으로

말이다. 철없는 어린 아가씨와 꽃거지로 오해받는 인어를 데리고서 말이다.

천산백화점이라면 국내에서 현재 최고의 백화점으로 인정받고 있는 곳이다. 점포수가 많으냐? 그런 건 그건 아니었다. 점포수는 전국을 통틀어 겨우 아홉 개였으니 말이다.

한마디로 제법 큰 광역시나 인구가 많은 곳 외에는 백화점을 더 이상 세우지 않았다는 것이다.

다른 백화점들은 벌써 50곳은 물론이고 100곳을 넘어가는 곳도 많았지만 천산백화점은 천유화가 맡고 나서부터 더 이상 숫자 늘이기를 그만둬 버렸다.

하지만 사람들이 하나같이 최고로 꼽는 이유는 바로 품질과 확실한 고객을 위한 맞춤형 A/S 때문이었다.

특히나 천산백화점에 있는 가장 고층의 명품관은 천유화가 야심차게 시작한 곳으로 그곳에 들어가려면 회원 확인부터 해야 하는 아주 까다로운 곳이었다.

대신 회원들에게는 거의 시간을 보내기 위해 놀러 가도 상관없을 만큼 엄청난 서비스를 자랑했다.

그뿐인가?

지하의 식품관에는 모든 조리 과정을 투명하게 해서 고객들이 믿고 먹을 수 있게 확실하게 공개해 버렸다.

거기다 보안요원들과 함께 고객 안내 전문 직원들이 상시 대기 중이라 그 어떤 일이 일어나도 즉각 대처하는 민첩함도 보였다.

어느 정도 삶의 품질이 높아지면서 사람들이 좀 더 고급스럽고 대우 받기 원한다는 것을 정확하게 간파한 천유화의 첫 번째 성공 프로젝트이기도 했다.

물론 처음에 백화점의 숫자를 늘리지 않는다는 기획에 반대도 많았다.

하지만 천산태가 시험을 한다는 생각으로 힘으로 그런 반대를 내리누르고 억지로 밀어붙인 결과, 백화점 고객 만족 순위 부동의 1위를 계속 유지하는 엄청난 쾌거를 거둔 것이다.

한마디로 천유화는 천산백화점이라는 하나의 브랜드를 사람들의 기억 속에 완전히 각인시켜 버렸다.

고객을 찾아가는 서비스, 고객을 우선으로 생각하는 서비스를 말이 아닌 묵묵히 행동으로 보여줌으로써 굳이 광고하지 않아도, 소문내지 않아도 고객들이 알아서 찾아와 평가를 해주는 국내 유일의 특별한 백화점을 만드는 데 성공했다.

당연히 매출도 국내 톱 순위에 들어갈 만큼 높았고, 무엇보다 계절마다 변화하는 판매량도 거의 일정량을 유지하는 모습을 보였다.

즉, 이 기획이 성공함으로써 천유화는 천산그룹의 후계자 자리를 차지하는 데 유리한 고지를 만든 셈이다.

"환영합니다, 고객님."

백화점 정복에 모자를 쓰고 깔끔하게 머리를 틀어 올린 미모의 안내 직원이 오늘 첫 손님을 향해 인사를 했다.

물론 현중과 레이스가 가장 먼저 들어갔으니 평범했다. 하지만,

멈칫!

직원이 고개를 들면서 메로우를 본 것이다.

순간적으로 멈칫하는 모습은 보였지만 밝게 업무용 미소를 보이면서 현중에게,

"일행이십니까?"

현중은 안내 직원의 질문에 대답 대신 고개를 끄덕였다.

"알겠습니다."

그리고 그것이 끝이었다. 달리 별말 하지 않고 필요한 것이 무엇이며, 혹시나 찾는 매장이 있는지, 안내가 필요한지 물어보자 현중은 간단하게 답했다.

"여성 나이별로 옷을 살 수 있는 매장으로 부탁합니다."

그러자 안내원이 앞장서서 3층으로 안내하고 나서 본래의 자신의 자리로 돌아갔다.

매장에는 달랑 셋뿐이었다. 오픈하고 첫 손님인 관계로 황량한 느낌이 들 정도였지만, 그것도 잠시뿐이었다.

"와~ 옷이다!"

눈앞에 펼쳐진 엄청난 옷의 파라다이스를 본 레이스는 빠른 걸음으로 백화점의 매장마다 들쑤시기 시작하는데, 우선 산다는 생각보다 눈에 띄는 것을 만져 보고 입어보고 구경하는 재미에 흠뻑 빠진 듯했다.

아무리 어리다고 해도 역시 여자는 여자였다. 예쁜 옷을 보면 시선을 떼지 못하고 꼭 입어봐야 했다.

거기다 레이스는 서양인 아이 중에서도 은근히 모델 체형이라 웬만한 옷은 입는 순간 스타일이 살아났다. 매장 직원들이 오히려 레이스에게 더욱 많은 옷을 권하면서 갈아입히는 재미에 빠져버렸다.

우선 파는 것도 목적이긴 하지만, 어떤 옷이 고객이 입었을 때 빛이 나는지 아니면 빛을 잃는지는 파는 사람이 정확하게 아는 법이다.

"이것도 좋은데 한번 입어봐요."

"이것도~"

백화점을 들어와서 무려 세 시간 동안 레이스는 옷만 입고 벗기 연속이었고, 결국 이곳 백화점에 있는 매장의 옷은 모두 입어봤을 것이다.

그리고 세 시간 뒤에 다시 처음 출발했던 곳으로 돌아와 겨우 걸음을 멈춘 레이스는 뭔가 고민하는 듯 눈동자를 이리저리 굴리면서 생각하는 모습을 보였다.

"정하기 어려운가 보네요."

메로우는 레이스가 너무 많은 옷을 입어봐서 뭐가 마음에 들었는지 헷갈려 하는 것으로 생각했다.

현중도 솔직히 지금 레이스가 뭘 입었는지보다 가장 마음에 들어했던 것이 뭐였는지 헷갈릴 정도였으니 본인은 오죽하겠는가.

그런데 슬그머니 현중의 뇌리에 떠오르는 불안감이 하나 있으니,

'설마 한 번 더 돌자고 하는 건 아니겠지?'

세 시간이다. 어린애 체력으로 지쳤을 법도 하건만 레이스는 여전히 팔팔했다. 아침이야 간단하게 오기 전에 먹었으니 우선 안심이 되지만 옷을 입어보는 게 얼마나 피곤한지 현중 본인이 너무 잘 알고 있기에 드는 불안감이다.

"현중."

"결정했니?"

"응."

현중은 그나마 결정했다는 레이스의 대답에 미소를 지으면서 바라보자,

"떡볶이 먹으러 갈래."

"……."

뜬금없는 말에 현중이 말없이 바라보자 메로우가 오히려
답답해하면서,

"옷은 안 사니?"

"응, 지금은 못 사겠어. 너무 많아. 머리가 아파."

얼굴을 찡그리면서 작은 손으로 머리를 부여잡고 흔드는
모습에 메로우도 웃어버렸다.

세 시간 동안 이곳에 있는 모든 매장의 옷을 입어봤으니 어
쩌면 당연한 결과였다.

결국 현중 일행은 백화점 오픈 첫 손님으로 들어와서 세 시
간 뒤에 빈손으로 백화점을 나와 버렸다. 오로지 떡볶이를 반
복적으로 중얼거리는 레이스를 따라서 말이다.

"먹다 보면 생각나는 옷이 있겠죠."

현중은 대수롭지 않게 생각했고, 메로우도 다시 와서 옷을
사면 된다는 생각에 대충 넘겨 버렸다.

현재 옷이 가장 필요한 사람은 레이스가 아니라 메로우인
데, 정작 메로우 본인은 옷이 얼마나 필요한지 중요성을 전혀
모르고 있는 것이다.

어쩌면 현중이 꽃거지가 뭔지 말하지 않았기에 그럴지도
몰랐다.

거기다 현재 추억 만들기의 중심인물이 레이스로, 처음에 현중이 정해 버렸기에 레이스의 의견에 따라 움직인 결과이기도 했다.

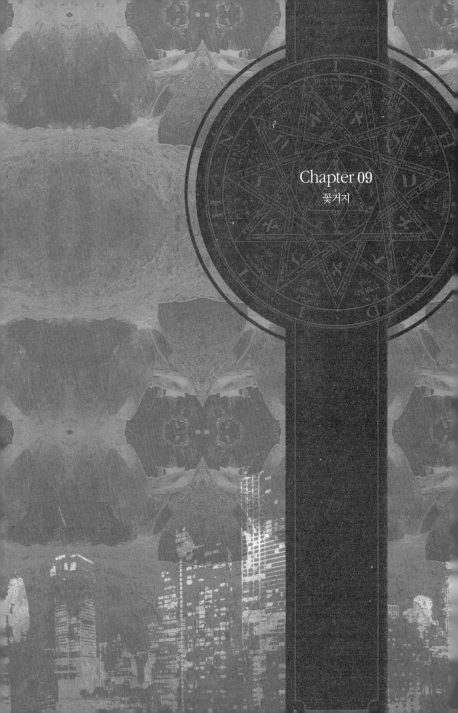

Chapter 09
꽃거지

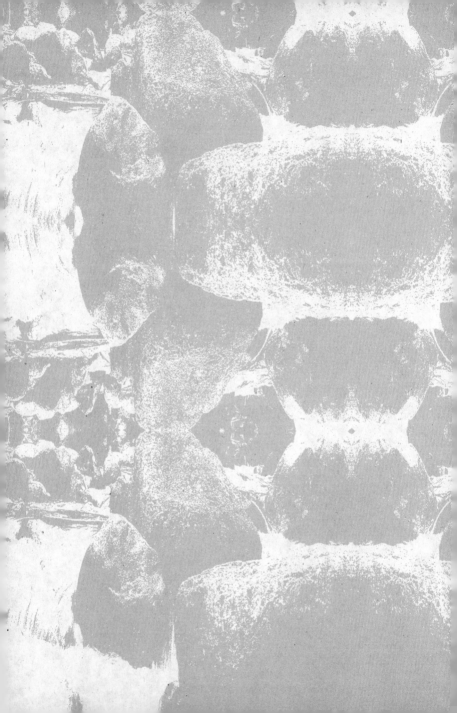

"열렸다~"

환하게 불이 켜지고 이른 시간인데도 사람들이 북적대면서 줄까지 서 있는 모습에 레이스는,

"그때랑 똑같아."

라고 한마디 하고는 익숙하게 사람들이 서 있는 가장 뒤에 가서 섰다.

"현중, 이리 와!"

레이스가 큰 소리로 현중을 부르자,

"……?"

사람들이 무의식적으로 고개를 돌렸다.

"……!!"

그대로 현중에게 한번 향한 시선을 돌리는 이가 없었다. 거의 베일이 싸여 있는 김현중은 스스로 나서지 않았지만 이미 대한민국의 웬만한 사람은 다 아는 유명한 기업 CEO였으니 말이다. 물론 그의 특이한 이력도 한몫했다.

20대의 나이와 여자들이라면 누구나 반할 만한 외모부터 재력, 권력, 나이까지 어리니 이슈가 될 수밖에 없는 조건을 모두 가지고 있으니 말이다

"김현중 회장이다!"

가장 먼저 현중을 알아본 한 여자가 외치자 다른 사람들도 설마 대동그룹의 회장이란 사람이 이런 떡볶이를 먹으려 줄 선다는 것은 상식적으로 이해가 가지 않기에 안 믿는 분위기다.

처음에는 말이다.

하지만 이미 보급률이 80%에 달하는 W패드로 인해 한순간에 지금 자신들과 같이 줄서 있는 이가 김현중 회장이라는 것을 알게 된 사람들이 웅성거리기 시작했다.

"김현중 회장이 맞아. 봐봐. 똑같잖아."

"진짜네. 옷차림도 비슷하고. 뭣보다 저 얼굴, 비슷한 사람 찾기도 솔직히 힘들잖아."

"그렇지. 그런데 외국인이네? 어린애도 있고."

"와, 영어 끝내주게 잘한다."

수많은 이야기가 현중의 귀를 간질였지만 현중은 모른 척했다. 어차피 현중 본인이 조용히 있으면 사람들이 굳이 다가오거나 하지는 않는다는 것을 잘 알기 때문이다.

만약에 현중이 연예인이었다면 상황은 180도 완전 반대였을지 모른다. 대중의 인기로 먹고사는 연예인들은 오히려 대중이 선뜻 다가가기가 의외로 그리 어렵지 않기 때문이다. 그냥 누구 한 명만 움직여 주면 대중은 군중심리로 몰려들 것이다.

하지만 현중은 연예인이 아니라 현재 대한민국 IT 분야에서는 최고라고 알려진 대동그룹의 회장이었다.

한 그룹의 CEO라는 이름의 무게가 일반인들에게는 생각 이상으로 크게 다가갈 수밖에 없었다.

거기다 누군가 용기를 내서 다가가더라도 오히려 다른 사람들은 아는 사이일지도 모른다고 생각할 테니 말이다.

즉, 현중은 유명하지만 그만큼 다가기기도 힘든 존재였다.

그러다 보니 자연스럽게 사람들의 시선은 현중을 부른 인형 같은 외모의 레이스와 현중과 함께 이야기하며 걸어온, 후줄근한 옷차림과 전혀 어울리지 않는 엄청난 미모의 외국 여자에게 쏠릴 수밖에 없었다.

"진짜 귀엽다."

"와, 저 여자, 진짜 예쁜데 왜 저렇게 옷을 입었지?"

한국에서 무릎 튀어나온 추리닝 바지에 박스 티에 가까울 만큼 커다란 추리닝 셔츠를 입고 대낮에 사람 많은 곳을 걸어 다니는 여자는 일반적으로 없었다. 만일 있다면,

"혹시… 외국인 노숙자 아닌가?"

"설마… 저 얼굴만 해도 먹고살겠는데 뭐가 아쉬워서 노숙 자 하겠어."

오전에 공원에서는 벤치에 앉아 있기도 했으나 현중을 알 아보는 사람이 의외로 그리 많지 않았다.

거기다 유달리 언밸런스한 옷차림의 메로우가 강력하게 부각되어 꽃거지라는 말까지 듣긴 했지만 여기는 조금 사정 이 달랐다.

사람들이 현중의 정체를 다 알고 있고 어느 정도 성인이 모 여 있으니 그때 중학생처럼 생각나는 대로 말하지는 않았다.

하지만 어른들만의 잣대로 인해 오히려 이상한 오해가 생 기기 시작했는데,

"저게 요즘 외국의 유행인가?"

"설마……."

"하지만 봐봐. 김현중 회장이 직접 안내하면서 다니잖아. 거기다 어린애도 그렇지만 저 여성, 얼굴만 봐도 웬만한 외국

배우들 울겠구만."

"그것도 그러네."

여대생으로 보이는 한 명이 혹시 외국 최신 유행일지도 모른다는 발언이 문제가 된 것이다. 적당히 지저분하고 보통으로 생겼다면 그냥 그러려니 했겠지만 메로우의 외모가 워낙 뛰어난 데 반해 그 옷차림이 너무 후줄근하다는 게 문제였다. 완전 극과 극이 만나서 이룬 모습이니 사람들이 오해할 만도 했다.

거기다 현중이 친한 듯 말하면서 마치 한국의 떡볶이를 알려주려 안내하는 모양까지 보이자 그 오해는 점점 진실이 되어가고 있었다.

"그럴지도 모르겠다."

"그래, 사실 저렇게 예쁜 여자가 아무 생각 없이 옷을 입을 리는 없잖아?"

"나도 그렇게 생각해."

패션이라면 누구보다 관심이 많은 여대생들은 자기들만의 생각과 기준으로 판단하면서 점점 오해를 기정사실로 만들어 버렸고, 현중의 존재가 그런 것에 강력한 힘을 실어주었다.

"어쩌면 우리가 모르는 유럽의 유명한 사람일 수도 있어. 봐봐, 김현중 회장이 직접 에스코트하는 거."

"그것도 그러네."

온갖 추측과 생각이 난무하는 이곳의 사람들은 모를 것이다.

설마가 사람 잡는다는 것처럼 정말 메로우는 아무 생각 없이 옷을 입었다는 것을 말이다.

그저 테른이 대충 찾아준 추리닝 한 벌을 입었고, 입다 보니 그게 편해서 계속 입었을 뿐이다.

거기다 현재 메로우가 속옷을 입지 않고 있다는 것까지 알게 되면 어떤 일이 벌어질지 상상에 맡겨야 할 것이다.

현중은 기다리는 동안 그리 심심하진 않았다.

주변에서 계속해서 흥미있는 말들을 쏟아내고 있으니 말이다. 하지만 역시나 모두가 하나같이 하는 행동이 있었으니,

찰칵!

찰칵, 찰칵, 찰칵.

현중을 본 사람들은 줄서 있는 사람들이나 먹고 나가는 사람들이나 모두 현중, 메로우와 레이스를 찍어서 자신의 개인 홈페이지에 올리기 바빴다.

물론 두 시간 뒤 대동그룹의 오희연 사장도 현중이 어디서 뭘 했는지 대번에 알 수 있을 만큼 자세하게 후기까지 곁들여서 말이다.

이미 소문이 퍼질 대로 퍼져서 그런지 기다림 뒤에 들어간 가게 안에는 이미 주인이 사람들이 가장 잘 볼 수 있는 자리

를 비워놓았다. 나름 영업 전략일 것이다.

"훗."

현중은 그냥 모른 척했고, 다른 두 사람은 정말 몰랐다.

"떡볶이 3인분~"

레이스가 영어로 떡볶이라는 말과 손가락 세 개를 펼치자 주인은 알아서 이해했고, 먹는 내내 사람들의 눈빛에 시달려야 했다.

물론 나오기 전에 주인과 기념사진 한 장 찍자는 부탁에 현중은 그냥 찍어주었다. 사진 찍는다고 닳는 것도 아니니 말이다.

어쩌면 평범하다고도 할 수 있는 시간을 보내고 있지만 레이스에게는 매번 새로운 것이었다. 누군가의 감시도 없고, 따라다니면서 제재하는 사람도 없었다.

무엇보다 해방감이 뭔지 느끼기 시작한 레이스는 그동안 갇혀 있는 스트레스를 한꺼번에 풀어버리려는 듯 엄청난 체력으로 움직이기 시작했다.

그런데 정작 옷을 사러 다시 백화점으로 간 건 거의 백화점이 문 닫기 한 시간 전인 저녁 일곱 시쯤 되어서였다.

"어머, 또 오셨네요."

아침에 현중을 만났던 안내 직원은 저녁에 또 현중을 만났다는 것에 아는 체하면서 고객에게 친밀감을 던져 주었다.

직원이 손님을 일일이 기억해 주는 것도 하나의 영업 전략이니 말이다.

그때 직원은 그 짧은 시간에 실례되지 않는 한도에서 빠르게 옷차림을 살폈는데, 이상했다. 변한 게 없는 것이다.

분명 옷을 사러 왔다고 했는데 말이다.

아침에 갔다가 저녁에 다시 왔다는 것은 어쩌면 마음에 드는 것이 없어서 나갔다가 결국 다시 왔다는 결론밖에 나오지 않기에 빠르게 생각을 정리한 직원은,

"오전에 가셨던 곳으로 안내해 드릴까요?"

직원이 먼저 알아서 배려하자 현중은 고개를 가볍게 끄덕였고, 다시 오전과 똑같은 장소에 도착했다.

"왔다."

에스컬레이터 입구에 가까이 있던 매장 직원이 레이스를 알아봤는지 눈빛을 번뜩이면서,

"호호호~ 또 오셨네. 이리 와요. 아까 손님이 가고 새로 신제품 들어왔는데……."

하면서 슬쩍 레이스에게 손짓하는 게 아닌가?

그런데 그런 직원의 눈동자에는 뭔가 욕망이 보였다. 기필코 이번 신제품을 모두 입혀보고 무언가 남기겠다는 굳은 의지가 담긴 눈빛 말이다.

"정말?"

어린 레이스는 그런 직원의 말에 금방 넘어가 버렸고, 결국 또다시 옷 매장 레이스가 시작되었다.

그나마 다행인 것은 이번에는 한 시간 만에 끝났다는 것이다.

"음……."

그리고 다시 오전과 마찬가지로 처음에 섰던 자리에 되돌아와 고민을 시작하는 레이스는 이번에는 잠깐 생각하더니 현중을 향해,

"현중."

"응?"

"나 옷 얼마나 골라도 돼?"

한마디로 몇 벌이나 사도 되느냐고 묻는 것이다.

"음… 원하는 만큼 사."

어차피 죽을 때 싸 짊어지고 갈 돈도 아니고 이곳 백화점 옷을 다 산다고 해도 현중에게는 거의 타격이 없다시피 했으니 말이다.

"좋아~"

불끈!

작은 양 주먹을 움켜쥔 레이스는 그대로 움직이기 시작했다.

그리고 그녀의 거침없는 손놀림에 매장 직원들은 함박웃음을 지었고, 현중의 양손은 조금씩 무거워졌다.

결국 더 이상 현중이 가방을 들 손이 없게 되자 매장 직원이 알아서 건장한 남자 직원을 불러줬는데,

"엇! 회장님!"

그 남자 직원이 현중을 보자 대번에 알아보고는 90도로 고개를 숙여 인사를 하는 것이다.

"저를 압니까?"

현중은 기억에 없는 사람이라 되물어보자,

"네, 전에 저희 명품관에 오셨을 때 한 번 뵌 적이 있습니다."

"아!"

그러고 보니 거의 잊고 있었는데 현중은 천산백화점이 처음이 아니다.

그리고 아마 그때 시비가 조금 있었을 때 있던 직원인 듯했다.

"아가씨께 연락드릴까요?"

현중의 소식이라면 눈에 불을 켜고 찾아다니는 천유화의 성격을 대충 아는 직원이 물어보자,

"아닙니다. 며칠 전에 만났으니 괜찮아요."

"네. 그보다 많이 사셨습니다. 혹시 더 사셔야 합니까?"

"글쎄요."

현중이 남자 직원의 말에 레이스를 한번 바라보자 직원도 대충 무슨 뜻인지 알겠다는 듯 고개를 끄덕이더니 무전기를 꺼내,

"두 명 더 필요하다."

간단하게 한마디만 하고 무전을 끊었다. 하지만 한 시간 뒤 직원 네 명의 손에 가득 쇼핑백이 한가득 들려 있었고, 보다 못한 백화점 측에서 커다란 카트를 가져와서 옮기는 소동까지 벌어졌다.

오죽하면 이미 영업시간이 끝났는데도 레이스의 쇼핑은 끝이 없었다.

그날 천산백화점은 처음으로 본래의 폐점 시간인 8시 반을 넘겨 10시까지 영업하는 사태까지 벌어졌다.

하지만 반대로 그날 3층의 옷 매장은 지금까지 모든 매출을 뒤집어 버리는 엄청난 하루 매출을 올리는 날이기도 했다.

그런데 정작 메로우는 간단한 바지 몇 벌과 치마, 그리고 어울리는 셔츠 몇 벌이 전부였다. 그것도 단 10분 만에 다 사 버렸다.

"…현중, 힘들어."

모든 쇼핑이 끝나고 나서 레이스가 한 말이다. 그리고 조용히 현중의 품으로 안겨들더니 그대로 잠들어 버렸다.

현중 뒤로 엄청나게 쌓인 쇼핑백은 모두 테른의 아공간 속으로 사라져 버렸고, 메로우는 이제야 꽃거지에서 벗어나 화사한 미모를 제대로 뿜어낼 수 있는 옷차림으로 바뀌었다.

"이제 어디로 갈 건가요?"

메로우가 해는 졌고 추억 만들기의 주인공이 잠들어 버렸으니 현재 일행의 실질적인 리더인 현중에게 물었다.

"그러게요."

현중이 애매하게 대답하자 살풋 미소를 지은 메로우가 화제를 바꾸었다.

"현중 씨는 레이스가 마음에 들었나요?"

메로우의 질문에 현중은 웃으면서,

"제가 너무 받아준다고 생각하는군요."

"음, 전 인간에 대해서 잘 아는 것은 아니지만 이렇게까지 받아주는 것은 사랑하거나 매우 아끼는 사이라는 것 정도는 알아요."

"훗, 그럴지도 모르겠네요."

현중은 대답 대신 웃으면서 여운이 남는 말을 남겼다. 메로우도 굳이 대답을 듣길 원해서 한 질문이 아니기에 그러려니 하고 넘겼고 말이다.

"음, 그럼 현중 씨."

"말씀하세요."

"레이스가 자고 있으니 제가 가고 싶은 곳으로 가도 되나요?"

현중은 메로우가 가고 싶은 곳이 있다는 말에, 어차피 목적이 정해진 여행이 아니기에 고개를 끄덕이자,

"북극으로 가주세요."

"북극?"

섬이나 가보지 못한 도시를 원할 줄 알았는데 메로우의 뜻밖의 말에 현중이 고개를 갸웃거렸다.

알다시피 북극은 가봐야 보이는 건 눈, 아니면 얼음뿐인 곳이다.

북극에 에스키모가 산다고 하지만 그것도 외곽 지역에나 살지 요즘은 문명화가 되어서 실제로 에스키모로 살아가는 사람도 거의 찾아보기 힘들었다.

"이상한가요?"

"뭐… 이상하기보다는 거기는 볼 만한 것이 없을 텐데요."

메로우가 북극곰이 보고 싶어서 가고 싶다고 하는 것은 아닐 테니 말이다.

그리고 이미 지구의 모든 바다를 살펴봤다고 했으니 북극도 당연히 가봤을 것이다.

"가서 알아봐야 할 것이 있어요."

"……?"

현중은 메로우의 흔들림 없는 눈동자에 어차피 정해진 것
도 아니니 한번 가보는 것도 괜찮을 것 같아서 고개를 끄덕였
다.

"아참, 북극의 중심으로 가주세요. 가능하겠죠, 현중 씨의
능력이면?"

"북극의 중심이라……. 북극점이겠군요."

그냥 단순하게 풀이해서 현중이 말하자 메로우도 고개를
끄덕이면서,

"맞아요. 거긴 제가 물속을 통해서 갈 수 없는 유일한 곳이
거든요."

"그래요?"

북극점은 남극점과 달리 육지 위에 존재하지 않았다. 지리
학적으로 북위 90도 정도에 위치해 있는데 북극해의 얼음 덩
어리인 해빙(海氷) 위에 위치하고 있기 때문이다.

가끔 해빙이 부서져서 수면이 드러나긴 하지만 거의 얼음
덩어리로 유지되는 편이다.

남극점은 육지에 존재해서 언제든지 찾아가는 게 가능하
지만 북극점은 시기와 계절을 잘 따져 봐야 한다.

일변 북극점과 남극점을 통칭해서 극지(極地)라고 부르고,
극지와 거의 같은 뜻으로 극역(極域)이라고도 불렸다.

하지만 북극은 나무가 자랄 수 있는 한계선인 삼림 한계의

북쪽을 지칭하거나 가장 따뜻한 달의 평균 기온이 섭씨 10도
보다 낮은 지역을 북극이라고 정의하는 사람들도 많기에 그
정확한 지도를 그리기는 좀 애매한 곳이 북극이기도 했다.

남극은 땅 위에 얼음이 있어서 정확하게 지도를 그릴 수 있
고, 또한 가장 남쪽에 남극 외에는 이렇다 할 땅도 없어서 북
극과 달리 구분이 명확했다.

하지만 지금 잠든 레이스를 데리고 바로 갈 수는 없었다.
그곳이 아무리 춥다고 해도 현중이나 메로우에게는 아무런
문제가 되지 않겠지만 레이스에게 현재 바로 가는 건 치명적
일 수도 있으니 말이다.

약간의 준비가 필요했다.

"당장은 레이스가 안 되니 내일 깨어나면 가죠."

"급한 건 아니에요."

그렇게 다음 일정이 전해진 후 현중이 다시 찾은 곳은 머물
렀던 무인도였다.

결국 현중은 자신이 좋아하는 장소에 다시 온 것이다.

테른은 예상이라도 한 듯 아공간에 그대로 넣었던 텐트를
꺼내놓기만 했고, 거의 순식간에 다시 호텔급 텐트가 완성되
었다.

"이곳을 좋아하나 봐요?"

메로우는 비치 의자에 앉아 그냥 바다를 바라보는 현중을

보면서 물어보자,

"좀 별나죠?"

"음, 그런가요?"

인간이 아닌 메로우의 눈에는 그냥 현중이 여기를 좋아하는 것으로 보였다. 하지만 일반적인 사람들에게 현중은 너무나 확실한 아웃사이더일 뿐이다.

그저 혼자 조용히 바다나 하늘을 보면서 무슨 생각을 하는지 도무지 감도 잡히지 않는 행동을 하고, 몇 시간이고 똑같은 바다를 보면서도 지겹지도 않는지 계속 바다를 보는 모습이 말이다.

"제가 인간이 아니라서 그런지 잘 모르겠지만 별나다는 생각은 들지 않네요."

인어도 인간이 아니고 자연에서 태어나 자연과 함께 살아가는 종족이다 보니 확실히 인간의 기준과 시선에서 많이 벗어나 있었다.

"그런가요? 보통은 절 그냥 특이한 성격으로 보거든요."

사실 이런 성격도 모두 대륙에서 드래곤과 생활하면서 현중이 자연스럽게 몸에 익혀 버린 것이다.

시간이 무한정으로 남아도는 드래곤에게 한곳을 계속 바라보면서 사색을 즐기는 것은 거의 공통적으로 가지고 있는 취미 겸 하나의 생활이었다.

하지만 인간은 수명이 정해져 있다. 그리고 약했다. 병에 걸려서도 죽고, 사고를 당해서도 죽고, 어떻게든 인간의 끝은 죽음이다.

그것도 길어봐야 겨우 100년이라는 시간으로 말이다.

평균적으로 대륙의 인간들은 50세를 넘기기 힘들었다. 그만큼 낙후되어 있다. 하지만 지구도 수명이 길다고는 하지만 평균 80세를 넘기는 경우가 드물었다.

결국 인간의 문명으로 수명을 늘린다고 해봐야 거기서 거기인 것이다.

인간의 기준으로 30년은 정말 엄청난 발전과 진보의 결과물이지만 현중과 드래곤, 그리고 인어인 메로우가 봤을 때는 거기서 거기였다.

도토리 키 재기처럼 크게 변한 게 없는 것이다.

"그럼 저도 특이한 성격인가 보네요. 며칠 동안 하늘을 바라보면서 노래를 부른 적도 있거든요."

현중은 메로우의 눈동자를 가만히 바라보다가 씁쓸하게 미소를 지으면서,

"저와 같군요."

"그러네요. 후후훗."

작게 웃은 메로우는 현중의 옆 모래 위에 그대로 앉으면서 가만히 현중이 보는 곳을 같이 바라보다가,

"현중 씨는……."

말하면서 고개를 돌려 현중을 바라보는 메로우의 눈동자가 조금이지만 흔들리고 있었다.

"앞으로 지구의 운명이 어떻게 된다고 생각하세요?"

뜬금없는 질문이지만 현중은 씨익 웃어주면서,

"언제가 될지 모르지만 이대로 인간들이 행동한다면 끝은 멸망, 아니면 멸종일 겁니다."

"너무 자신있게 말하시네요."

메로우는 현중의 가차없는 말에 오히려 살짝 놀랐다.

뭐랄까, 제3자의 시선에서 바라보는 듯한 느낌을 받은 것이다.

지금껏 메로우는 현중을 아주 강한 인간으로 생각했지만 방금 현중의 대답 한마디로 현중이 인간인지 살짝 의문이 들었다.

"뻔히 보이는 결과 아닌가요? 그리고… 어쩌면 그 시간이 더 짧아질지도 모르겠지만요."

현중은 카일라제를 생각하면서 나직하게 말했다.

반면 현중의 말을 가만히 들은 메로우는 입가에 미소를 띠면서,

"제가 처음 이곳에 왔을 때 느낀 게 뭔지 아시나요?"

현중이 대답 대신 고개를 돌려 메로우를 바라보자,

"아픔이에요. 그것도 너무나 아파서 비명조차 지르지 못하고 있는 바다의 아픔이요."

끄덕.

현중은 대답 대신 고개를 끄덕이며 메로우의 말에 동의했다.

때론 대답 대신 이렇게 가벼운 고갯짓 하나만으로도 대화의 흐름을 끊지 않고 유연하게 대처할 수도 있었다.

"그런데 이번에 여행하면서 다른 것을 봤어요. 아프지만 바다는 참아가면서 기다리고 있다는 것을요. 아주 작은 희망이지만 바다는 그 희망을 품은 채 조용히 기다리고 있었어요. 그래서 이번에 가면 확인하려고 해요."

다부진 눈동자로 현중을 보던 메로우는 시선을 돌려 바다를 바라봤다.

이미 해는 떨어져서 어둡지만 푸른 바다의 빛이 달빛을 반사시켜서 낮과는 또 다른 아름다움을 보여주는 바다였다.

"중요한 일이군요."

현중은 메로우가 지금 북극으로 가는 것을 말하고 있음을 알았다.

그리고 어쩌면 지금 메로우에게 이번 북극 방문이 엄청난 결정을 하는 계기가 될지도 모른다고 생각했다.

현중이나 레이스에게는 그저 얼음과 눈으로 덮인 곳을 여행하는 눈요기일지 모르지만 메로우에게는 앞으로 자신이 가야 하는 방향에 중요한 갈림길이 될 수도 있는 것이다.

"네. 하지만 급하진 않아요. 아직 바다가 남겨둔 시간이 있으니까요."

현중은 메로우의 자연스러운 미소를 보면서,

"최대한 안전하게 데려다 드리겠습니다. 그대의 결정에 많은 도움이 될지는 모르겠지만 약간이나마 인간이 저지른 짓을 대신하고 싶군요."

"천만에요. 인간의 모든 것을 현중 씨가 대신해서 사과할 필요는 없어요. 그리고 이건 바다와 저의 문제이지 인간 때문은 아니니까요."

명확하게 현중에게 기준을 말해주는 모습에 현중은 웃었다. 인어란 과연 어떤 존재일지 현중은 조금은 알 것 같으면서도 한편으로는 드래곤과 너무나 다른 모습이라 알 수가 없었다.

그러면서 또 한편으로는 처음 지구에 신의 자리에 있던 존재는 과연 무슨 생각으로 인어를 만든 것일까 하는 의문도 들었다.

그저 대륙의 드래곤처럼 중간계의 균형을 맞춘다는 목적이 정확하다면 차라리 그게 더 쉬웠을 것이다.

하지만 인어는 달랐다. 자연의 균형을 맞출 수 있는 능력은 있지만 드래곤과 달리 강력한 힘이 없는 것이다.

태어날 때부터 중간계의 조율자이자 관조자라는 명확한 중심이 있는 드래곤과 달리 인어는 끊임없이 뒤돌아봐야 했다.

그리고 자신이 나아갈 길을 스스로 선택해야 하는 것이다.

마치 인간이 자신의 운명을 모른 채 살아가면서 끊임없이 선택을 해야 하는 것처럼 말이다.

인간과 닮은 듯하면서도 닮지 않은 메로우를 보면 왜 인어들이 사라져야 했는지 안타까울 뿐이다.

"쉬세요."

메로우는 가볍게 현중에게 인사하고 텐트 안으로 들어가 버렸지만 현중은 메로우와의 대화에서 뇌리에 남는 의문과 여러 가지 이야기가 계속 맴돌았다.

하지만 그럴수록 오히려 머릿속이 복잡하기만 했다.

"쩝, 결국은 내가 이기면 좀 더 사는 거고 내가 지면 지구는 끝나는 거니까… 그 후에 일은 그 후에 살아갈 존재들의 숙제 겠지."

결국 현중은 머릿속을 복잡하게 하는 것들을 지워 버렸다. 미래의 일까지 자신이 걱정할 필요는 없는 것이다.

미래의 일은 미래에 살아갈 존재들이 해결해야 할 문제다. 현재의 자신이 아무리 생각해 봐야 결국 답이 있을 수가 없었다.

"잠이나 자자."

현중은 눈을 감으면서 조용히 잠들었다. 비치 의자에 앉은 그 자세 그대로 말이다.

       *   *   *

"현중, 우리 북극 가?"

"응."

"와~ 그럼 북극곰도 볼 수 있겠네?"

"아마 그러… 려나?"

현중은 순간 북극점에 북극곰이 살 수 있는지 궁금했지만 아는 게 없었다.

하지만 일반적으로 북극점이 땅이 아닌 얼음 위에 있기 때문에 어쩌면 레이스가 기대하는 북극곰은커녕 북극에서 제법 유명한 생물도 보기 힘들지도 몰랐다.

"에이, 그게 뭐야?"

"뭐, 가보면 알겠지. 그리고 모르고 가야 더 재미있지 않겠어?"

현중이 능숙하게 말을 돌려 레이스에게 말하자 레이스는 잠시 생각하는 듯하더니,

"음, 그럴지도 모르겠네. 할아버지가 생일 선물도 몰래 주면 더 좋아한다고 했거든."

뭐든지 베이스퍼가 이야기해 줬던 상식을 이용하는 레이스였다.

이 모습을 보면 레이스는 결코 머리가 나쁜 아이는 아닌 게 확실했다. 한국말을 얼추 공부하지 않고도 알아듣는 것도 그렇고 말이다.

다만 환경이 레이스를 어린애로 만들고 있을 뿐이다.

"뭐, 비슷하겠지. 우선은 이걸 입자."

현중은 테른이 미리 준비해 둔 아웃도어 점퍼와 바지, 신발, 그리고 작은 가방 하나를 메어 주었다.

보기에는 그리 두껍지 않아서 한국의 봄과 가을용으로 많이 입는 아웃도어용 옷이지만 테른에게는 마법이란 게 있으니 그런 옷의 두께쯤은 가볍게 무시해 버렸다.

거기다 어제 쇼핑하면서 사둔 것도 있기에 그것 중에 하나를 골라서 가볍게 보온 유지 마법과 체온을 빠르게 올려주는 마법, 그리고 혹시나 물에 빠지면 실드가 생겨서 한 시간 정도 보호해 주는 마법까지 걸어놨다.

거기다 굳이 작은 가방까지 레이스의 등에 메어주는 이유는 테른의 의견이다. 그놈의 유비무환을 강조하면서, 혹시라도 레이스의 신변에 위험이 생기면 자동으로 이곳 무인도로 강제 텔레포트시키는 마법진을 가방에 그려 넣은 것이다.

한마디로 현재 레이스는 에베레스트 등정을 해도 전혀 죽음의 위험이 없는 상황인 것이다.

"갈까?"

이번에 가는 북극점은 현중도 가본 적이 없는 곳이다. 테른이 미리 답사를 해서 순간이동 마법진을 그려두었고, 그 위로 올라간 현중과 레이스, 메로우는,

―좋은 여행이 되시길~

테른의 배웅을 받으면서,

스팟~

한순간에 사라져 버렸다.

그렇게 현중 일행을 보내고 난 뒤 테른은 천천히 현중이 앉아 있던 비치 의자를 텐트 안에 조심스럽게 넣어놓고는 아공간에서 다른 의자를 꺼내놓더니,

털썩~

"편하군."

현중이 앉아 있던 폼과 똑같이 앉으면서 멀뚱히 바다를 바라보는 것이다.

하지만 그것도 1분이 넘어가자 고개를 흔들면서 일어서더니,

"난 모르겠군, 한곳을 오랫동안 바라보는 마스터의 심정을."

그냥 현중이 자주 그러기에 테른도 궁금해서 따라 했을 뿐
이다.

하지만 본래 계획적이고 논리적으로 움직이는 테른에게
무작정 한곳을 보면서 사색을 즐기는 현중의 모습은 이해하
기 힘들었다. 도대체 무슨 의미가 있는지 알 수가 없는 것이
다.

논리적인 테른에게 현중의 생각없이 즐기는 사색은 아무
리 봐도 시간낭비였다.

―쩝.

하지만 다시 현중이 앉았던 그 자리에 똑같이 앉아서 바다
를 바라보기를 재시도했다.

―쩝.

그렇지만 또 일어서고 또 앉고 계속 반복할 뿐이다.

현중에 대해서 조금이라도 더 알려고 하는 테른의 마음은
이해하지만 성격상 도저히 이해할 수 없는 부분이 있다는 것
을 스스로 납득하지 않는 것이다.

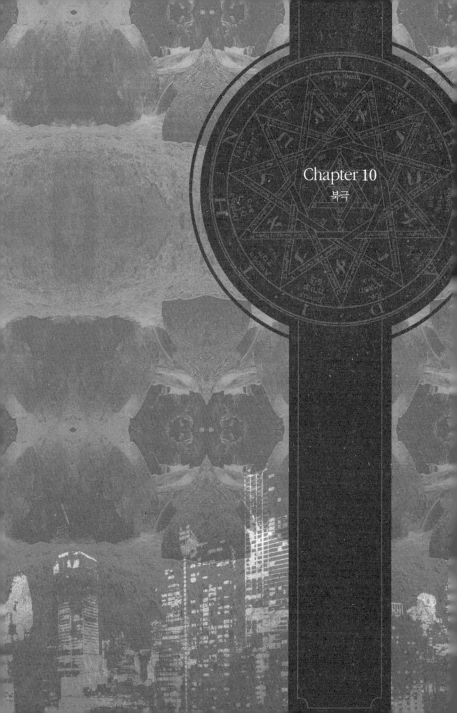

Chapter 10
북극

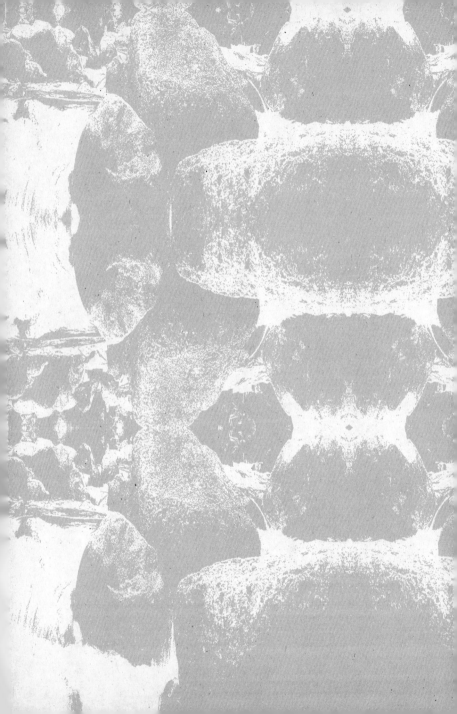

　한편, 테른이 혼자서 현중 따라잡기를 하는 이 시간에 현중
은 북극에 와 있었다.

　"와! 눈이야! 얼음이고!"

　아직 계절상 얼음이 녹을 때가 아닌지 북극점은 바다가 아
닌 얼음 덩어리였다.

　물론 눈과 얼음을 보고 가장 신난 건 레이스였다. 당장에라
도 뛰어나가려고 발을 동동 구르는 레이스였지만 이번만큼은
현중이 레이스의 손을 잡고는,

　"안 돼."

라며 단호하게 대처했다. 그 모습에 레이스가 불만인지 볼을 크게 부풀리면서,

"현중 나빠!"

단순하게 자기 하고 싶은 것을 못하게 하면 나쁜 사람이 되었다. 하지만 현중은 그런 레이스를 보면서 웃었고, 북극의 크레바스의 위험에 대해서는 설명하지 않았다.

사실 그걸 설명한다고 레이스가 단번에 알아듣고 조심할 것도 아니고, 오히려 지금 토라진 레이스의 기분만 건드릴 것이 분명하니 말이다.

대신 메로우를 희생하기로 했다.

"메로우가 꼭 해야 하는 일이 있다니까 조금만 기다렸다가 얼음과 눈을 마음껏 만지고 보고 싶어하던 북극곰도 보러 가자."

"…정말?"

그래도 현중이 화내지 않고 말하자 슬쩍 미안한지 고개만 살짝 들어 물어보는 레이스. 현중은 손으로 레이스의 머리를 쓰다듬으면서,

"난 거짓말하지 않아."

"응~"

엄청난 변덕쟁이처럼 금방 풀어진 레이스는 현중의 옆에 꼭 붙었다. 그래도 현중 옆이 가장 안전하다는 건 본능적으로

알고 있는 듯 말이다.

"정확하게 찾아왔네요."

"다행이군요."

메로우는 정확하게 도착한 곳이 바로 북극점이라는 것에 놀라워하고 있었다.

사실 메로우도 현중과 테른이 발휘하는 힘이 대충 신비한 힘이라는 것은 알고 있지만 이렇게 정확할 줄은 몰랐다.

도착하자마자 바로 한 걸음 앞이 정확하게 북극점에 해당하는 곳이다.

사실 지도나 GPS도 없이 메로우가 어떻게 북극점인 것을 아는지 현중은 몰랐지만 메로우는 본능과 감각으로 아는 것이다.

북극은 지구상에서 가장 무게가 많이 나가는 곳이었다.

일반 사람들은 잘 모르지만 적도에서 측정하는 몸무게와 북극에서 측정하는 몸무게, 그리고 남극에서 측정하는 몸무게가 모두 다르다

이건 과학적인 공식이 필요하지만 간단하게 풀이하자면, 중력은 지구가 당기는 만유인력에서 밖으로 나가려는 원심력을 뺀 나머지 값으로 크기가 결정되는데 적도를 중심으로 비교하게 되면 적도의 만유인력은 작다. 하지만 원심력은 크다.

그럼 당연히 중력은 작게 작용해서 몸무게가 적게 나가는

것이다.

하지만 반대로 북극의 만유인력은 크다. 하지만 원심력은 작다. 그럼 당연히 중력이 강하게 작용하니 몸무게가 더 나오는 것이다.

지구에서 무게란 중력이 잡아당기는 힘을 측정하는 수치일 뿐이니 중력이 강하면 몸무게가 강하게 나오는 게 당연한 이치였다.

그리고 그런 중력의 힘이 집중적으로 강한 곳이 바로 북극점이었다. 아직 인간들은 정확한 측정은 하지 못해 잘 알지 못하지만 메로우는 인어 특유의 감각으로 알 수 있었다.

어깨를 가볍게 내리누르는 힘이 가장 강한 곳의 위치를 말이다.

저벅.

북극점의 정확한 곳에 한 걸음 걸어가서 선 메로우는 잠시 눈을 감고 멍하니 서 있기만 했다.

"메로우, 뭐하는 거야?"

어린 시절부터 감시당하고, 눈치를 배운 레이스는 나름 분위기를 읽고 본능적으로 떠들면 안 된다는 것을 알았다. 그녀가 조용히 현중에게 물어보자,

"나도 모른단다. 다만 메로우에게는 아마 엄청 중요한 시

간 일 거야."

"그래? 길면 안 되는데……."

뭔가 눈치껏 조용히 있긴 하지만 아이 특유의 성격 때문에 기다리면서도 현중의 다리를 잡고 안절부절못하는 것이 현중에게는 마냥 귀엽게만 보이지는 않았다.

얼마나 감시와 눈치 속에 살았으면 이제 갓 청소년의 티가 나는 레이스가 자신의 본능을 억누르면서까지 주변의 눈치를 본능적으로 깨달아야 한단 말인가.

"후훗, 레이스."

"응?"

"메로우는 레이스와 친구지?"

"응, 친구야."

주위에 친구라고 부를 만한 사람이 거의 없는 레이스에게 메로우는 친구였다. 종족과 상관없이 말이다.

"친구가 필요하다면 기다려 주는 게 바로 친구를 위한 거란다."

"그래? 그렇구나. 친구를 위해 기다려 주는 게… 친구를… 위한 거구나."

베이스퍼에게서는 절대로 배우지 못했을 것이다. 책 속의 지식만 알려줬을 테니 말이다.

하지만 이렇게 레이스는 조금씩 자신이 그동안 알지 못했던 것을 아주 천천히 알아가고 있었다.

현중도 굳이 급하게 모든 것을 알려줄 생각을 하지 않았다.

아이가 원하는 만큼, 그리고 상황이 되는 만큼 그때그때 맞춰서 도움만 주면 될 것이다.

이게 현중이 어릴 때 부모님에게 배운 방식이었고, 그 방식을 그대로 레이스에게 돌려주는 중이다.

사람은 자신이 어릴 때 받은 사랑과 교육 방식을 가지고 나중에 다른 사람에게 표현하는 법이다.

고아로 태어나 고아라는 이유로 서로 동질감을 느껴 사랑하게 되어 결국 결혼했던 현중의 부모님은 자신들이 고아원에서 받은, 그리고 받지 못한 사랑을 현중에게 그대로 돌려주었다.

그리고 그 결과물이 바로 지금의 현중인 것이다.

아이는 혼자 크는 게 아니다. 태어나는 것도, 자라나는 것도, 그리고 살아가는 방식을 배우는 것도 모두 부모를 통해서다. 그만큼 부모가 중요하다는 것은 말이 필요 없으니 말해 무엇 하랴.

톡톡~

현중은 레이스의 머리를 살짝 두드려 줄 뿐이다. 스스로 깨닫고 알아야만 진정으로 자기가 배운 게 된다는 것을 현중은 알고 있었다.

"......"

말없이 눈을 감고 서 있던 메로우의 눈에서 갑자기 눈물이 흐르기 시작했다.

또로록, 똑.

한 방울이 볼을 타고 흘러 눈 위에 떨어졌고, 또 다른 눈물이 다시 하나의 방울을 이루어 눈 위로 떨어졌다.

바스락.

살짝 얼어 있는 눈 위에 떨어진 눈물은 작은 소리를 내면서 그대로 눈 속으로 사라져 버렸지만 흔적은 남았다.

"…그러네요."

한참 만에 조용히 입을 연 메로우는 고개를 돌려 현중을 바라보면서,

"끝났어요."

"그런가요?"

울고 있지만 한편으로는 웃고 있는 듯한 메로우의 모습에 현중은 조용히 다가가 손수건을 건넸다.

"괜찮아요. 이건 바다가 저에게 해준 대답 때문이니까요."

"좋은 결정을 내렸나 보군요."

"네."

표정이 확실히 살아나 있었고, 어제의 긴장한 모습은 완전히 사라져 버린 메로우를 보면서 현중도 웃었다.

"현중 씨."

"네."

"전… 돌아가지 않을 거예요."

현중은 방금 한 메로우의 말을 듣고 왜 그렇게 긴장했는지 이해가 되었다.

원래 살던 과거의 시간대로 돌아가는 것만 생각했던 메로우다. 그런데 갑자기 그런 결정을 완전히 뒤집어 버린 것이다.

"후회하지 않을 건가요?"

메로우는 돌아가면 분명히 사라질 것이다. 역사의 뒤안길로 말이다. 하지만 혼자는 아니었다.

그런데 지금 돌아가지 않는다면 메로우는 혼자 버텨야 했다.

드래곤 같은 녀석들은 천상천하유아독존(天上天下唯我獨尊)의 성격이라 혼자라도 상관없지만 현중이 지켜본 인어는 인간과 비슷한 점이 많았다.

결코 외로움을 견디기 쉽지 않을 것이다. 그래서 현중은 물어본 것이다. 후회하지 않을 자신이 있느냐고 말이다.

그 말에 메로우는 고개를 저으면서,

"없어요. 하지만 돌아갈 수가 없어요."

"……."

"바다에게는 이제… 저밖에 없으니까요."

"그렇군요."

메로우는 자신이 사랑하는 사람까지 버려가면서 결국 바다 곁에 남기를 선택한 것이다. 그리고 지금 북극점에서 그 대답을 들었을 것이다.

인어는 한번 사랑을 맺으면 그 상대가 죽을 때까지 같이 있는다고 들었다. 즉, 평생 한 사람의 짝만 찾고, 찾은 짝과 죽을 때도 같이 죽을 만큼 사랑하는 것이다.

이 말은 인어에게 사랑은 존재의 이유 같은 것이었다.

그런데 메로우는 그런 사랑을 스스로 포기했다.

"그대의 선택에 만족이 있길 바랍니다."

현중 진심이 담긴 말로 대신하자 메로우도 웃으면서,

"감사합니다, 인간이 아닌 인간이여."

메로우도 현중을 향해 지금까지와 다른 조금 무거운 인사를 하고 나서,

"자, 이제 뭐할 건가요?"

금방 평소의 메로우로 돌아왔다.

그 모습에 현중은 메로우가 참 강하다는 생각을 했다. 외유내강이랄까? 전형적으로 마음이 강한 성격이다.

그리고 만약에 카일라제와의 싸움에서 자신이 이긴다면 곁에서 친구로 지내주고 싶다는 생각이 들었다.

"이제 북극곰을 보러 가아죠."

"와아~ 북극곰이다!"

무거운 분위기가 사라졌다는 것을 귀신같이 느낀 메로우는 본래의 활발한 성격으로 돌아왔다.

"그럼 가볼까?"

현중은 그동안 알아서 기다려 준 레이스에게 보답하려는 듯 우선 북극곰이 가장 많이 보인다는 대륙이 인접한 곳으로 가려고 몸을 돌렸다.

그때,

달그락!

"응?"

현중은 뭔가 이상한 소리에 멈칫거렸다.

북극에서 눈과 얼음뿐인 이곳에서 달그락 하는 소리는 너무나 이질적이기 때문이다. 그때 뒤에 있던 메로우가,

"현중 씨 가방이 들썩거렸어요."

"제 가방이라니?"

현중이 한동안 습관처럼 메고 다니던 가방에 시선을 주고 그곳에 뭐가 들었는지 기억해 내고는 급히 가방에서 목함을 꺼냈다.

달그락! 달달달달달!

현중이 가방에서 꺼내자 마치 기다렸다는 듯 목함이 요란하게 소리를 내면서 꿈틀거렸다.

아니, 처음에는 꿈틀거렸지만 점점 그게 심해지더니 마치 진동기 위에 올려놓은 것처럼 심하게 움직였다.

"……."

현중은 우선 처음 맞이하는 상황이라 메로우와 레이스를 한번 바라보더니,

"테른!"

—네, 마스터.

"이들을 안전한 곳으로."

전혀 경험이 없는 일이 닥쳤고, 전에 마기가 느껴진 상자 때문에 테른이 크게 다칠 뻔한 것도 있고 해서 현중은 즉각 레이스와 메로우를 챙겼다.

—알겠습니다.

갑작스럽게 뭔가 이상하자 레이스는 현중의 곁으로 가려다가 테른에게 붙잡혔다.

—아가씨, 마스터께서 잠시 기다리시랍니다.

"안 돼, 현중!!"

뭔가 현중과 떨어지는 것에 극도의 불안감을 보이는 레이스였지만 현중은 냉정하게 안전을 위해,

"먼저 가 있어. 곧 따라갈 테니."

라는 말을 끝으로 시야에서 메로우와 레이스는 사라져 버렸다.

덜덜덜덜.

달그락달그락.

"젠장. 점점 더 심해지는군."

작은 목함에서 느껴지는 힘이라고는 생각지도 못할 만큼 엄청난 힘으로 움직이는 바람에 현중은 마나까지 동원해서 목함을 우선 붙잡고 있는 것에 집중해야 했다.

─안전하게 무인도에 모셔놓았습니다.

다시 돌아온 테른은 현중에게 보고했다.

"테른, 주변을 살펴라!"

─네, 마스터.

현재 목함에 집중하고 있는 현중은 주변을 살펴볼 여력이 없었기에 테른에게 명령했다.

지금까지 조용하던 목함이 갑자기 움직임을 보였다면 필시 이유가 있을 테니 말이다.

그리고 혹시나 자신이 모르는 무언가가 주변이 있을지도 모른다고 생각했기에 테른에게 명령을 내렸다.

하지만 잠시 뒤에 돌아온 테른은,

─이곳을 중심으로 반경 100㎞ 내에는 그 어떠한 존재도 없습니다.

테른의 말에 현중은 인상을 찡그리면서 가만히 목함을 바라보다가,

"외부의 문제도 아니라면 이 판도라의 상자 자체의 문제겠지. 그럼 부숴 버리면 알겠군."

깊이 생각할 것도 없이 현중은 자신의 마나를 끌어올려 활성화시키기 시작했다.

슈아아아아아악!!

현중의 마나가 본격적으로 활성화되자 주변의 마나가 요동치기 시작했고, 그게 곧 일반적인 시야에서도 보일 만큼 형체화되었다.

사라락!! 사라락!!

현중의 마나가 마치 커다란 날개처럼 넘실대면서 사방으로 뻗어나가자,

쩌어억, 쩌적!

현중의 마나의 힘과 주변의 요동치는 마나의 힘이 합쳐져 북극의 얼음에 부하가 걸려 버렸다.

결국 얼음이 갈라지기 시작했다.

쩌어억, 쩌걱!!

보기에는 줄로 그은 듯 아주 작은 선이 현중의 발밑에서 시작해 사방으로 뻗어나갔지만 그 선이 빠르게 뻗어 얼음의 끝에 닿아 더 이상 생기지 않게 되자,

폭삭!!

한순간에 현중이 서 있는 곳을 중심으로 북극의 얼음이 부

서져 버렸다.

촤아아아아악!! 첨벙!!

엄청난 얼음 덩어리가 부서지면서 바다로 떨어지는 소리가 마치 땅에서 천둥이 치는 것 같았다.

얼음으로 인해 생긴 커다란 파도는 높이가 수십 미터에 이르렀다.

그리고 부서져서 얼음이 사라져 버린 북극점에는 허공에 현중이 홀로 목함을 양손에 쥐고 씨름하는 중이었다.

덜덜덜덜덜.

"젠장, 더럽게 단단하네."

지금까지 자신이 마나를 쏟아부어서 부수지 못할 것이 없었는데, 단단하기로 유명한 나무라지만 겨우 나무 상자 하나를 어찌하지 못했다.

현재 현중은 자신의 마나의 60%를 사용해서 목함을 부숴 버릴 생각으로 움켜쥐고 있었다.

그런데 그런 현중의 노력을 비웃기라도 하듯 목함은 더욱 강하게 떨면서 마치 지금 현중이 손을 놓으면 하늘 높이 도망가 버릴 작정인 듯 요란하게 떨어댔다.

"테른."

—네, 마스터.

"여기서 내 마나가 다 발휘되면 지구가 위험하다."

—알겠습니다.

현중의 말을 알아들은 테른은 즉각 양손을 뻗어 현중이 서 있는 곳을 중심으로 아래위, 양옆으로 입체적으로 마법진을 만들었다.

—공간 오픈!

임시지만 전혀 다른 공간과 연결하는 임시 공간 게이트를 열자 현중의 주위에 있던 마법진이 현중의 몸속으로 사라지면서 현중도 같이 사라져 버렸다.

—마스터.

임시 공간은 시간도 겨우 세 시간이고 한정된 공간에 시간이 지나면 강제적으로 본래 있던 위치로 돌아오게 되어 있기에 테른은 즉각 혹시나 모를 상황에 대비하기 시작했다.

—심벌!

양손으로 미리 각인해 둔 마법진을 허공에 그리고 그걸 다시 중첩시키기 시작했다.

현재 테른이 하는 것은 충격 완화 마법진으로, 그 마법진 하나로도 무려 1만 톤에 달하는 충격을 흡수하고 부서져 버리는 마법진이었다.

본래 이 마법은 드래곤이 만든 마법으로 헤츨링에서 성룡이 되는 드래곤들이 꼭 해보고 싶어하는 메테오 마법을 사용하기 위해 만든 마법진이었다.

그냥 땅에 내리꽂아 버리자니 엄청난 위력 때문에 뭔가 다른 방법을 찾았고, 고룡 중에서 가장 나이가 많은 고룡 하나가 생각의 전환으로 만든 것이 바로 충격 흡수 마법진이었다.

이건 거의 7서클에 달하는 마나를 사용하지만 그 용도는 너무나 단순했다.

그저 견딜 수 있을 때까지 충격을 흡수하다가 그걸 넘어서게 되면 그대로 부서져 버리는 용도인 것이다.

말 그대로 1회용 마법진이었다.

사실 이걸 사용할 경우는 오직 하나였다. 메테오 마법 연습용으로 말이다.

공격용도 아니고 그렇다고 방어용으로 사용하기에도 그 범위가 너무 좁았기에 드래곤들도 만들긴 했지만 거의 사용하지 않는 마법진인 것이다.

하지만 모든 것은 그 용도에 따라 극명하게 위력을 발휘하는 것이 있는 법이다.

지금 테른이 다섯 번이나 중첩시킨 충격 흡수 마법진은 마법의 특성상 중첩이 되면 더하기가 되는 게 아니라 곱하기가되어, 지금 만든 5중 중첩 충격 흡수 마법진만으로도 지구로 날아오는 혜성의 충격에도 정확하게만 막는다면 완전히 무효화시켜 버릴 수 있을 만큼 엄청난 충격 흡수량을 자랑했다.

─마스터.

테른이 이렇게 만반의 준비를 하는 동안 현중은 지금 겨우 목함 하나와 씨름 중이었다.

"젠장, 더럽게 단단하네."

벌써 몇 번이나 부숴 버릴 작정으로 마나를 폭발시켰는지 모른다.

하지만 작은 목함은 현중의 마나를 모두 막는 것도 아니고 튕겨내 버렸다.

정확하게 현중이 가한 마나의 힘만큼 똑같이 튕겨내 버리자 현중도 슬슬 오기가 발동하기 시작했다.

"내가 먼저 지치나… 이게 먼저 부서지나 붙어보자."

현중은 정말 오기가 발동했는지 전신의 마나를 끌어 모으다가 한쪽으로 회전시켰다.

처음에는 천천히, 하지만 한 번 회전할 때마다 그 속도는 곱절로 늘어났고, 열 번 정도 회전할 때는 거의 현중이 제어하기도 버거울 만큼 빨라져 버렸다.

"크아아아아압!!"

하지만 마나의 회전이 빨라지면 빨라질수록 현중의 마나는 폭발적으로 강해졌다.

그 증거로 현중의 등에 날개처럼 뻗어 넘실대는 유형의 마나가 점점 색이 진해지면서 차츰 작은 날개에서 커다란 날개 모양으로 변해가고 있는 것이다.

거기다 뚜렷하게 실체를 가지기 시작했다.

마나는 실체가 없는 것이다. 언제나 흐르고 흘러 세상의 모든 것을 유지하는 것이 바로 마나였다.

하지만 현중은 그걸 강제로 중첩시켜 결국 실체화시키고 있는 것이다.

펄럭~

거의 뚜렷하게 나타난 푸른빛의 날개는 현중의 몸을 중심으로 한 번의 퍼덕임을 보였는데, 단 한 번의 날갯짓에 지금 현중이 머물고 있는 공간이 흔들렸다.

설사 지구가 부서져 버릴 충격이 와도 임시 공간은 그 특유의 성질 때문에 흔들린다는 건 있을 수도 없었는데, 그런 상식을 완전히 무시해 버린 것이다.

그리고 정작 현중 본인은 그런 사실조차 몰랐다. 현재 자신의 몸을 돌고 있는 마나를 제어하는 것에 신경의 반을 집중했고, 나머지 반은 목함을 쥐고 있는 손에 집중했으니 말이다.

빠직~

그런 현중의 노력이 통한 것일까?

드디어 현중의 손에서 아주 작지만 부서지는 소리가 들렸다.

"흐아압!!"

목함의 이질적인 균열 소리가 현중에게 힘이 되었을까? 더

욱 힘을 내서 마나를 사용해 목함을 움켜쥐자,

빠직, 빠지직!

목함을 쥐고 있는 현중의 엄지손가락을 시작으로 생겨난 작은 균열이 곧 목함 전체로 퍼져 나갔다,

균열로 인해 목함이 부서지는 것은 극히 짧은 순간이었다.

파사사사삭.

뭐랄까, 허무하리만큼 산산이 부서져 버린 목함은 현중의 힘을 더 이상 견디지 못한 것일까?

부서진 조각이 산산이 가루가 되어버리더니 모래가 흩어지듯 현중의 손에서 흩어졌다.

"…뭐야, 이건?"

완전히 가루가 되어 흩어져 버린 현중의 손 안에 남은 것은 아무것도 없었다.

"…빈 상자였나?"

자신이 생각해도 너무나 어이없는 상황에 순간 자신이 힘을 끌어내기 위해 빠르게 회전시키던 마나의 제어를 깜빡해 버렸다.

퍽!! 피쉬익!!

"크윽! 젠장!!"

현중은 아주 짧은 순간이지만 마나가 제어를 벗어나자 곧장 미쳐 날뛰기 시작했다.

평소라면 이런 실수 정도는 아무렇지 않겠지만 마나를 극도로 중첩시키기 위해 지금 현중의 몸 안이 하나의 블랙홀처럼 변해 있는 상태라 아주 작은 실수조차도 그게 치명타가 되어 돌아왔다.

"크읍!!"

다시 정신을 차리고 이제는 모든 신경을 마나를 다시 제어하는 데 집중했다.

하지만 이미 현중의 제어에도 아슬아슬한 속도로 움직이던 마나가 한번 벗어나 버리자 그 힘은 폭발적으로 늘어났고, 마나도 현중의 말을 좀처럼 따라주지 않고 있었다.

"젠장, 이러다 여기서 죽겠군."

몸 전체가 하나의 단전과 같은 현중에게 최대 단점이 바로 마나 폭주였다.

일반적으로 단전이나 마나는 폭주했다고 해도 어느 정도 노력을 하면 바로잡을 수 있는 방법이 있었다. 하지만 그건 일반적일 때 이야기고 현중에게는 너무나 치명적이다.

그동안 현중의 몸에 차곡차곡 쌓여 있던 마나는 이미 인간의 역량을 벗어나 버렸다.

드래곤도 현중의 마나를 보고는 측정 불가라 하면서 혀를 내둘렀다. 가히 상상조차 할 수 없는 양인 것이다.

그 증거로 지금 현중의 등에 커다랗게 펼쳐진 푸른 날개가 그 증거였다.

너무나 정순하고 중첩된 마나가 실체화를 이룬 것이 설명조차 필요 없을 정도다.

그런데 그 마나가 미쳐 날뛴다?

만약에 마나 폭주가 멈추지 않는다면 현중은 흔적도 없이 사라져 버린다.

한편 공간 밖에서 현중을 기다리던 테른에게도 변화가 오고 있었다.

―크윽… 이건…….

테른은 자신의 심장이 있는 곳을 움켜쥐고 극심한 고통에 시달리고 있었다.

그뿐인가? 테른에게 변화가 있자 대동그룹의 비서실에도 난리가 났다.

갑자기 일 잘하던 시리가 쓰러져 버린 것이다.

테른은 현중과 목숨을 같이하고 그런 테른에게 혈족으로서 힘을 받은 시리 또한 테른이 죽으면 같이 죽을 수밖에 없는 운명이었다.

거의 연쇄반응이라고 해도 좋을 만큼 현중의 작은 실수가 엄청난 상황으로 변해 버리면서 연결되어 버렸다.

"버티자."

현중은 우선 마나를 바로 잡기보다는 버티는 것에 집중하기로 했다.

이미 마나의 회전은 자신이 제어할 수 없는 지경에까지 이르렀다.

자신의 판단 실수로 이 지경까지 간 것에 후회는 했지만 아주 짧은 후회였다. 후회도 살아남아야 할 수 있기 때문이다.

"크으읍."

현중은 우선 버티는 것에 집중하면서 어떻게 해야 하는지 고민하기 시작했다.

지금까지 이렇게 마나를 사용한 적이 거의 없었다. 하지만 마나가 자신의 제어를 벗어난 적도 없었다.

뭐랄까, 마나와 현중은 마치 하나와 같았으니 말이다.

그렇기에 지금의 마나 폭주는 현중에게 충격 이상으로 다가오고 있었다.

퍼걱!

현중의 어깨가 터져 버렸다.

푸아악!!

사방으로 현중의 터진 어깨에서 뿜어져 나온 피가 퍼졌지만 임시 공간이라 그런지 어둠 속으로 곧 사라져 버렸다.

그런데 이게 시작이었다.

"쿨럭!"

현중의 입에서도 죽은 듯한 검은 피가 튀어나왔고, 그와 동시에 다른 어깨도 터져 버렸다.

푸아아악!!

출렁!

어깨가 터져 버리자 더 이상 팔을 지탱할 힘이 없어진 현중의 양팔이 보기 흉하게 늘어져 현중의 움직임 하나하나에 반응해 흔들거렸다.

'한계인가.'

현중은 순간적으로 자신의 죽음을 느꼈다.

이렇게까지 내몰린 적이 없었기 때문이다.

치우천왕의 곁에서 훈련할 때도 지독히 힘들긴 했지만 이 정도로 내몰리진 않았다.

정신적으로 힘들 뿐이지 이미 육체적으로는 거의 완성되어 있었기 때문에 치우천왕도 현중의 정신력을 훈련시키는데 중점을 두었던 것이다.

하지만 지금 그 완성되어 간다는 육체가 너무나 허무하게 부서지고 있다.

쩌걱!

결국 마나의 힘에 의해 현중의 몸에 균열이 시작되어 버렸다.

금방이라도 폭발하면 그 흔적조차 찾을 수 없을 만큼 산산이 부서져 버리기 직전까지 몰린 것이다.

쩌거걱!

조금 전의 얼음이 부서지는 것과 같았다.

이대로 균열이 끝까지 가서 더 이상 갈 곳을 잃어버린다면 그 끝은 현중에게 죽음뿐이었다.

"크크윽……! 제기랄!!"

현중도 이 지경까지 몰리자 이판사판이었다.

카일라제와 한판 해보지도 못하고 죽는 건 너무나 억울한 일이다.

하지만 지금 그 억울한 죽음이 코앞까지 다가와 있다.

완전 이제 끝이라고 느낄 무렵 현중의 뇌리에 스치는 한마디가 있었으니.

"만약에 너의 끝을 보고 싶으면 버려라. 모든 것을 버려야 할 것이다."

치우천왕이 거의 입버릇처럼 현중이 훈련할 때 해주던 말이다. 좋은 말도 여러 번 들으면 귀찮아지고 결국 무시하게 되는 법이다.

하지만 반대로 자신도 모르는 사이에 머릿속에 각인되는 효과도 있었다. 그리고 그 각인된 한마디가 절체절명의 순간에 떠오른 것이다.

'어쩌지…….'

현중은 고민했다.

이대로 버티는 것도 이제 한계에 다다랐고, 여기서 현중이 조금만 삐끗하면 그대로 끝일 것이다.

죽음.

이건 솔직히 현중에게 아주 먼 이야기 같은 것이었다.

그런데 너무나 갑작스럽게 다가온 죽음의 위험은 현중에게 공포라기보다는 억울함이었다.

죽는 것은 두렵지 않았다.

하지만 이대로 죽는 건 절대로 사양하고 싶다.

그러나 지금 상황에 딱히 마땅한 방법도 없기는 마찬가지다.

'모험을 해야 하나.'

현중은 지금 머릿속으로 수천 번 고민하는 중이었다.

뭐랄까, 역시 현중은 아직 인간이었는지 자신이 죽을 것이 뻔히 보이는 행동을 막상 하자니 쉽게 용기가 나지 않는 것이다.

그러면서 자기 자신을 향해 한숨지었다.

'내가 겨우 이 정도밖에 안 되는 녀석이었나. 겨우 이 정도였나.'

지금까지 자신의 자만심이 얼마나 바보 같았는지 깨달았

지만 그 시기가 좀 늦은 것이 흠이긴 했다.

쩌거걱!

이제 몸의 균열이 촘촘히 퍼져서 마치 현중의 몸에 누군가 낙서를 한 것 같이 변해 버렸다.

거기다 생기 있던 피부색은 어느새 사라져 버리고 붉게 물들다 못해 점점 검은색으로 변하기까지 했다.

혈맥이 마나의 흐름을 견디지 못하고 점점 부풀어 오르고 있는 것이다.

지금 그 말은 현중의 피가 지금이라도 튀어나가기 위해 피부에 모여들었다는 말도 되었다.

쩌걱, 툭.

거의 풍선처럼 부풀어 올라 터지기 직전가지 몰렸을 때 현중의 손끝에 있던 피부 조각 하나가 균열에서 떨어져 나갔다.

그리고 그 순간, 현중의 몸은 기다렸다는 듯 터져 버렸다.

퍼어엉!!

촤아아가!!

"아악!"

사방으로 붉은 피가 퍼져 나갔고, 현중의 피부 조각 하나하나가 산산이 부서져 가루가 되어버렸다.

완전히 흔적도 없이 사라져 버린 것이다.

현중의 몸이 터져 버리자 현중의 등에서 생성되었던 마나의 날개도 점점 흐릿해지더니 그 빛을 잃어갔고, 결국에는 사라져 버렸다.

현중의 몸이 터져 버리는 순간,

―크읍, 젠장! 마스터……

테른의 심장도 멈춰 버렸다.

나직하게 현중을 부르던 테른은 그대로 몸이 천천히 검게 물들더니 굳어버렸다.

그리고 굳어버린 테른의 몸은 저절로 금이 가면서 균열을 일으키더니,

쩌어억!

부스스스스.

산산이 부서져 북극의 바다 속으로 사라져 버렸다.

그렇게 테른이 소멸되어 버리자 대동그룹에서는 더 난리가 났다.

"젠장, 숨을 안 쉰다!! 앰뷸런스!! 어서!!"

테른의 소멸로 인해, 테른과 영혼으로 연결된 시리가 돌연 혼절한 것이다.

처음에는 어딘가 아픈 듯 신음 소리를 내는 듯하여 사람들은 걱정했다. 하지만 아예 혼절하여 일어나지 않자 크게 당황했다.

그리고 뒤늦게 앰뷸런스를 불렀지만 이미 더 이상 살아 있다고 말할 수가 없었다.

　거의 나비효과처럼 연쇄적으로 현중이 사라지자 줄줄이 사라져 버린 것이다.

*　　　*　　　*

　"죽은 건가."

　보이는 것은 없었다. 어둠만이 가득한 공간이었고, 현중이 정신을 차렸을 때는 자신의 몸도 보이지 않았기에 자신이 죽었다고 생각한 것이다.

　"죽음이… 이런 거였나?"

　처음으로 느껴보는 죽음이 생각보다 그리 무섭거나 어렵지도 않았다.

　그리고 어둠을 바라보고 있자니 자신이 왜 그렇게 아등바등 난리쳤는지 우습게 느껴지기 시작했다.

　"그렇군. 결국 끝은 이것이었어."

　의미 모를 말을 하던 현중은 자조적으로 웃었다. 마치 자신의 지금 처지가 너무나 바보같이 느껴진 것이다.

　그리고 생각난 녀석이 있었으니,

　"테른 녀석도 소멸했겠군."

영혼의 계약은 현중이 죽으면 무조건 같이 죽는 것이기에 너무나 쉽게 예상할 수 있었다.

그리고,

"시리도… 본래의 죽은 시체로 돌아갔을 것이고."

아직 완벽하게 혈족이 되지 않은 시리는 부서져 사라지는 혈족의 특성을 가지지 못했다.

분명 본래의 시체로 돌아갔을 것이라고 생각했다.

자신의 죽음 하나로 벌어진 일에 현중은 웃으면서도 한편 그들에게 미안했다.

"계약을 풀어버려야 했거늘……."

영혼의 계약은 주인이 언제든지 계약을 무효화시킬 수 있었다. 하지만 그러지 못했다. 아니, 현중은 그러지 않았다.

아마 은연중에 지구로 돌아온 현중이 의지할 수 있는 존재는 테른뿐이라는 것을 무의식적으로 알고 있었던 것이다.

겨우 자신의 욕심 때문이 이런 사단이 벌어졌다고 해도 과언이 아니다.

"그래, 치우님께서 말했던, 버려야 한다는 게 뭔지 이제 조금은 알 것 같아."

죽음을 맞이하고서야 현중은 자신 스스로도 알지 못했던, 하지만 그래서 더욱 현중이 앞으로 나가는데 보이지 않는 걸림돌이던 욕심을 버릴 수가 있었다.

[내가 그러지 않았더냐. 모든 것을 버려야 너의 끝을 볼 수 있다고 말이다.]

"치우… 님?"

갑자기 현중의 뇌리에 들리는 목소리는 너무나 익숙한 치우천왕의 목소리였다.

거기다 또 다른 익숙한 목소리가 들렸다.

[멍청한 녀석, 그걸 이제야 깨닫다니.]

치우천왕의 곁에 있는 다른 차원자였다.

사고 칠 때마다 나타나서 중재를 해주던 사람 말이다.

"죄송합니다. 제자가 아둔하였습니다."

현중은 너무나 자연스럽게 웃으면서 사과하자,

[알았으면 됐느니라. 아이야, 넌 이대로 포기하고 싶으냐?]

"…포기라……. 모르겠습니다. 하지만 단 하나, 나의 곁에 있던 테른과 시리 그 둘에게는 미안함만 있습니다."

현중의 말에 못마땅한 듯 걸쭉한 남자 목소리가 들리면서,

[쯧쯧쯧… 멍청한 놈. 치우가 그렇게 버리라고 했거늘…….]

뒤늦게 깨달은 것을 꾸짖는 말이다.

그 말에 현중은 환하게 웃으면서,

"그렇군요. 하지만 후회는 없습니다. 미안함만 있을 뿐이죠."

[그래, 그럼 되었다. 현중 아이야.]

"네, 치우천왕님."

[넌 그분의 시험을 통과하였느리라.]

"시험이라니······?"

현중은 치우천왕의 말에 영문을 몰라 되묻자 치우 대신 남자 차원자가 버럭 화를 내면서,

[멍청한 놈, 신을 죽일 수 있는 힘이 그리 쉬울 줄 알았더냐? 그리고 그 무게가 가벼울 줄 알았더냐? 커다란 힘에는 그만큼의 무게와 어려움이 따르는 법이다. 쩝, 내 마음에는 들지 않지만 그분께서 너를 마음에 들어하시는 걸 어떡하겠느냐.]

아까부터 자꾸 그분, 그분 하는 모습에 현중은 이 기회에 물어보기로 작정했다.

"그분이 어떤 분입니까?"

현중의 질문에 화가 난 남자 차원자가 버럭 화를 냈다

[이놈!! 감히 네 주제에 그분의 존재를 알려고 하느냐!!]

하지만 현중은 이왕 죽은 것, 뭐 무서울 게 있느냐는 식으로 대들면서,

"어차피 그분께서 저를 움직이셨으니 저 또한 그분의 존재는 알 자격이 있다고 생각합니다. 미천하지만 저의 자그마한 욕심이기도 합니다."

[바보 같은 녀석!! 욕심을 버리지 못해 이 지경까지 왔으면서도 또 다른 욕심을 만들어내는 것이냐!!]

끝까지 마음에 들지 않는 말을 하는 현중이었지만 현중은 오히려 지금 화내는 차원자의 목소리에서 다정함을 느꼈다.

치우와 달리 표현의 방식이 다를 뿐 결국 현중을 걱정해 주고 있는 것이다.

"저는 바보입니다. 그래서 바보로 남고 싶습니다."

[에잇!!]

결국 차원자가 자기 성질을 못 이기고 입을 다물어 버리자 치우가 입을 열었다.

[그분은… 너의 곁에 언제나 있었단다. 나의 곁에도 있고 세상의 모든 것에 있기도 하지. 그리고 그분은 너의 몸 안에서 언제나 너와 함께 있었단다.]

"…모르겠습니다."

너무 어려운 말이다.

아무리 잘난 맛에 살아온 현중이지만 지금 치우천왕의 말은 너무나 어려웠다.

[후후훗, 그분을 부르는 이름은 아주 많단다. 너는 그분을 마나라 불렀고, 우리는 그분을 존재의 가치를 가지신 분이라고 부르고 있기도 하지. 때로는 인간들은 기(氣)라는 것으로 표현하기도 한단다.]

현중은 치우천왕의 말을 듣자 무언가 머리를 뚫고 지나가는 느낌을 받았다.

우주를 만드는 생명의 기본이 되는 것이 마나다. 하지만 그 누구도, 그 어떤 존재도 왜 마나가 생명의 기본이 되는지는 몰랐다. 아니, 알려고도 하지 않았다.

너무나 가까이 있고, 언제나 필요할 때 힘이 되어주기도 했으니 말이다.

"전… 처음부터 바보였군요."

현중은 그제야 자신의 마음에 있던 모든 것을 버릴 수가 있었다.

그리고 환한 빛과 함께 현중의 의식이 조금씩 멀어지고 있었다.

아주 천천히 말이다.

얼핏 멀어지는 의식 속에서 현중은 환하게 웃고 있는 치우천왕과 차원자를 본 것 같았다.

같은 시간 북극의 바다 위에 아주 작은 소용돌이가 생겨나더니 검은 가루들이 저절로 모여들기 시작했다.

척! 척척척!!

검은 가루는 아주 작지만 끝없이 모여들더니 하나의 형체를 이루었다.

마치 사람의 형체와 닮아 보이는 검은 물체는 곧 윤기를 띠더니,

부스럭.

마치 먼지가 떨어지듯 작은 가루가 다시 허공으로 흩날렸다.

발끝에서부터 아주 천천히 가루가 흩날리면서 사방으로 흩어졌고, 모든 가루가 흩어졌을 때,

—후움!

천천히 테른의 붉은 눈동자가 번쩍이며 깨어났고, 그 시간 응급실에서 전기 충격기에 몸을 맡기고 있던 시리도 다시 되살아났다.

—마스터께서… 또다시 벽을 넘으셨구나.

테른에게도 느껴졌다.

영혼의 연결로 느껴지는 힘이지만 이전과는 비교도 되지 않을 만큼 엄청난 힘의 파동을 말이다.

테른은 조용히 옷매무새를 살폈다.

곧 다시 돌아올 자신의 주인을 맞이하기 위해서 말이다.

『현중 귀환록』 13권에 계속…

이제부터
전자책은
이젠북

www.ezenbook.co.kr

세상을 보는 또 하나의 창!
이젠북(ezenbook)!
지금 클릭하세요!

검색창에 이젠북 을 쳐보세요! ▾ Q

CASTLE OF ANOTHER WORLD

강한이 장편 소설

이계 마왕성

『이계만화점』의 작가 **강한이**가 돌아왔다.
그가 전하는 신개념 마왕성의 이야기!

가족을 잃고 더부살이로 받던 설움을 떠나
서울로 상경해 우연히 얻은 셋방
그곳 지하실에서 채빈의 불행한 인생이 뒤엎어진다!

이계마왕성!

그곳에서 배워라, 지혜가 되리라!
그곳에서 얻어라, 내 것이 되리라!

마왕이 아니다. 마왕성을 이용하는 현대인일 뿐.

마왕성의 사나이, 그가 이제 날아오른다!

Book Publishing CHUNGEORAM

유행이 아닌 자유추구
WWW.chungeoram.com

NOMEN
노멘

이영균 장편 소설

**억울한 누명으로 인한 감옥살이 1년.
직장, 친구, 애인도… 모두 떠나 버렸다.**

911테러 이후, 극비리에 진행된 프로젝트,
그리고 그 결과물, 슈퍼컴퓨터 HAL8999

대한민국의 평범한 청년 동범과
인류가 만든 최고의 컴퓨터에서 깨어난 존재의 만남.

Nomen est omen 이름이 곧 운명!

**인류의 미래를 가르는 사건은
이 우연한 만남으로부터 시작되었다.**

Book Publishing CHUNGEORAM

유행이 아닌 자유추구 -
WWW.chungeoram.com

오채지 新무협 판타지 소설

十兵鬼
십병귀

마교가 무림을 일통한 지 십 년,

강호의 도의는 땅에 떨어지고 오직 칼의 법칙만이 지배하는 환란의 시대는 끝날 기미를
보이지 않았다. 그러던 어느 날, 혼마(魂魔)가 죽었다. 오십 세에 혼세신교(混世神教)
의 교주로 등극, 구십 세에 구주팔황과 사해오호를 정복한 철의 무인은 고락을 함께
했던 수백 명의 마군(魔軍)들이 지켜보는 가운데 조용히 숨을 거두었다. 그리고 삼 년 후,
한 사람이 신교를 떠났다.

마도의 하늘 아래 살 수 없는 자, 금사도(金砂島)로 오라.

신비로운 열 개의 병기, 내력을 알 수 없는 사내,
그를 만나기 위해 찾아온 수많은 사람들의 금사도를 향한 여정은
과거에도 없었고 앞으로도 없을 대살성의 탄생을 예고하는 서막이었다.

Book Publishing CHUNGEORAM

유협이 있는 자유추구
WWW.chungeoram.com

CASTLE OF ANOTHER WORLD

강한이 장편 소설

이계 마왕성

『**이계만화점**』의 작가 **강한이**가 돌아왔다.
그가 전하는 신개념 마왕성의 이야기!

가족을 잃고 더부살이로 받던 설움을 떠나
서울로 상경해 우연히 얻은 셋방
그곳 지하실에서 채빈의 불행한 인생이 뒤엎어진다!

이계마왕성!

그곳에서 배워라, 지혜가 되리라!
그곳에서 얻어라, 내 것이 되리라!

마왕이 아니다, 마왕성을 이용하는 현대인일 뿐.

미왕성의 사나이, 그가 이제 날아오른다!

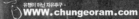

Book Publishing CHUNGEORAM

유행이 아닌 자유추구 -
WWW.chungeoram.com

참마도 新무협 판타지 소설

"하늘의 달은 벗 삼아도
땅 위에 떠오른 달은 피하라.
그 달 아래 춤을 추는 자,
사람이 아니라 귀신일지니……"

뜨거운 대지 위에 차가운 달이 떠오른다.
희뿌연 검광과 피가 흩뿌려지고
망자의 혼이 허공에서 춤출 때
귀역의 사자가 그곳에 있을 것이다.

유행이 아닌 자유추구 -
WWW.chungeoram.com
Book Publishing CHUNGEORAM